Love's《ラブズ》

1

好きな人がいた。

彼の優しい話し方が好きだった。

ただ、見つめていることしかできなかった人。

けれど、見つめているうちに、その人の変化に気が付いた。

とても話しやすくなって、笑顔も多くなった。

彼も、恋をしているのだと思った。だって自分がそうだったから。

こういう時の女の勘って、外れたためしがない。

そしてその勘は、やっぱり当たっていた。

可愛い人と、一緒に歩いているその人を見た。滅多に見られない満面の笑みを浮かべる彼は、この上なく素敵だった。あの笑顔を見せるのは、きっと彼女の前だけなのだろう。

私だって、あなたの前では素敵に笑える、綺麗になれる——

そう思ったって、彼の好きな人にはなれない。私では、彼と腕を組んで歩けるような関係にはなれないのだと、すぐにわかった。

どんなに好きでも、恋には諦めも必要なのだろう。

でもいつか。きっと私にも、素敵な人が――

絶対に。

☆　☆　☆

「愛《あい》は理想が高すぎるんだよ」

荘厳《そうごん》な雰囲気のチャペルの中、大学からの友人である青木美晴《あおきみはる》に断言される。

結婚式に出ると結婚したいなって思う、と言っただけなのに。まさか、こんなことを言われるとは思わなかった。

「そんなことない」

「あるよ。愛のお兄さんたち見てれば、わかるし」

そう言われて、愛はぐっと言葉に詰まる。

篠原《しのはら》愛、二十四歳になったばかり。四人兄弟の末っ子で、兄が三人いる。

「あのお兄さんたちくらいの相手じゃないと、愛はあんなドレス、着れないわ」

あんなドレス、というのは、ウェディングドレスのこと。

女としては、やっぱり憧れる。見るたびにうらやましくて、いいなぁ、と思う。

久しぶりに友人の結婚式に呼ばれた。二十四歳での結婚はわりと早い方だと思うけれど、なんと友人の結婚式はこれで四度目だ。つまり、すでに四人の友人が結婚しているということ。

つい先日も、一番上の兄が結婚式を挙げたばかり。

今思い出しても素敵な式で、花嫁のウェディングドレスも綺麗だった。

「美晴、確かにうちの兄さんたちは素敵だけど、それと私の理想が高いのは違うよ？」

「よく言う！　あんたの好み、一番上の、壱哉《いちや》さんでしょ？　それこそ無理。あんた一生、結婚できない」

一番上の兄は壱哉という。三十五歳の彼は、現在、外資系の会社で支社長をしている。背が高くてスタイルも抜群、おまけに頭もいい。そして先日、愛が憧れている素敵な女性と結婚した。

「好みじゃなくて、理想、だってば」

「どっちでも同じ。だから、無理って言ってんの」

愛は唇を尖らせる。いくら友達でも酷い言いぐさではないか。

心の中で文句を言いながら、新郎と新婦を見た。

とても幸せそうな友人の旦那様は、少し小太りだけど優しそうだ。旦那様と微笑み合う友人が、失恋したばかりの愛にはうらやましかった。

そうこうする間に式が終わり、披露宴《ひろうえん》会場に移動する。

美味《おい》しい料理を食べて、花嫁に祝いの言葉を述べた後は、久しぶりに会う友達と近況を語り合う。

そして午後三時には披露宴《ひろうえん》が終わった。二次会はないため、その場で解散となる。

今月は財布がややピンチだったから、壱哉の妻の比奈《ひな》に結婚式用のドレスを借りた。スリムな彼女の服が入るか心配だったが、なんとか着れたので一安心。クリーニングをして返さなければ、と思いながら美晴と連れ立って会場の外へ向かう。

「じゃあ私、先に帰るね。彼が迎えに来てるはずだから。愛も早く、送り迎えしてくれる彼氏作ったら？　私の友達の中で……っていうか、さっきの披露宴《ひろうえん》会場の中でも、愛が一番、綺麗で可愛いんだから」

「……ありがと、美晴」

手を振る美晴に手を振り返して、愛はため息をつく。

ふと視線を移すと大きな鏡が目に入る。目の前を行ったり来たりする人々の間から、自分の姿を見つめた。

比奈から借りたのは、優しいピンク色のアメリカンスリーブ型のドレスだった。腰にリボンのあるデザインで、膝下まであるミモレ丈だ。

数着見せてもらったが、一目見て可愛いと思い、速攻で決めた。

愛が一番綺麗で可愛い、と美晴は言ってくれたが、改めて鏡で自身の姿を見ると、そこまでには思えない。

それに、美晴は褒《ほ》めてくれたけれど、これまで異性に告白されたこともないし、お付き合いもしたことがない。おまけに失恋したばかり。

美晴の言う通り、確かにちょっとだけ好みがうるさいかもしれないが、そういう機会は皆無だったのだ。

「だって、壱兄《いちにい》も、浩兄《こうにい》も、健兄《けんにい》もそれぞれカッコイイんだもん。身近な男の人があれだったら、理想が高くなるのもしょうがないじゃん」

一番上の兄の壱哉は本当にカッコイイ。穏やかで優しくて、笑顔が素敵。

二番目の兄、浩二《こうじ》は物静かで安心する人。もちろん顔もいい。浩二は、愛が高校生の頃に亡くなった父の跡を継いで、菓子職人になった。愛の実家は和菓子屋で秋月堂《しゅうげつどう》という。浩二は綺麗で繊細な美味《おい》しい和菓子を作っているのだ。

だから愛は常々、菓子において兄が作る和菓子に勝《まさ》るものはないと思っている。その兄は、今は奥さんと一緒に店を守ってくれている。

そして、三番目の兄は、健三《けんぞう》。明るくて優しくて、天真爛漫《てんしんらんまん》という言葉が似合う人だ。前向きで頭もいい健三に、愛はよく勉強を見てもらっていた。今は一流企業の営業部に勤め、可愛い奥さんもいる。

そんな素敵な、ちょっと年の離れた兄たちに囲まれて育てば、理想が高くなるのも当たり前だ……と、愛は思う。

『あとは、愛だけね』

壱兄の結婚が決まった時、母はそう笑って愛の頭を撫でた。

でもお母さん、と心の中で呟く。

認めたくはないけど、まだ当分はブラコンが治らないと思います、と。

後れ毛をわざと作ってアレンジした髪に触れ、愛はもう一度ため息をつく。

いつか私にも、好きだったあの人や、兄たちのように特別な誰かが現れるのだろうか……

そんなことを考えながら、一歩足を踏み出した時だった。

「すみません、失礼ですが……」

背後から呼び止められて振り返ると、綺麗な目をした男の人が愛をじっと見ている。

緑っぽい茶色のガラス玉のような瞳。

どう見ても、ハーフっぽく見える顔立ち。それこそタレントやモデルといってもおかしくないほど、綺麗で整った容姿をしている。かといって女性らしいわけではなく、男性らしい力強い雰囲気。

髪の色はやや明るく、フォーマルスーツを着た姿は王子様のようだった。

「ああ、やっぱり。篠原支社長の妹さん、ですよね？」

篠原支社長、というのは兄の壱哉のこと。ということは、兄の仕事相手かもしれないと思った。

「はい、そうです……えっと？　兄のお仕事の……？」

「支社長の結婚式の二次会で、一度お会いしているのですが……店の名前はＤｕｖｅｎｔ《デュヴォン》といいます。覚えてますか？」

「……あ！　あの素敵なお店の！」

壱哉の結婚式の二次会は、会社の人が選んだという雰囲気の良い店で開かれた。綺麗で食事も美《お》味《い》しかったのを覚えている。個人的にもまた行きたい、と思ったほどだ。

この人は、確かそこのオーナーだったはず、と思い出し、愛は軽く会釈《えしゃく》する。

でも名前は覚えていなかった。それを察してか、彼は笑みを浮かべて名乗った。

「奥宮楓《おくみやかえで》です。以前お会いした時も綺麗な方だと思いましたが……今日はまた一段とお綺麗なので、声をかけるのを躊躇《ためら》いました」

外国人だ、と愛は内心緩く笑ってしまった。

こうして先に容姿を褒《ほ》める言い方が、外国の人そのものだ。

心の中で緩く笑うのと同じように、愛は目の前の彼に対し愛想笑いを浮かべる。自分の周りに、綺麗だから声をかけるのを躊躇《ためら》った、とか口に出す人はいない。

「篠原さんも、結婚式に？」

「はい、友達の。もう終わりましたけど」

「そうですか。僕も今、終わったところです」

にこりと笑った顔は本当に王子様。ハーフって本当にいいよなぁ、とついじっと見つめてしまった。

でも、兄の仕事相手でもないようだし、と愛はこの場を離れたいと思った。

こういう、コミュニケーションを積極的に取ってくる人は、なんだか苦手なのだ。

「これからお帰りですか？」

「はい」

「送りましょうか？」

王子スマイルだった。愛は彼を見て固まる。

ほぼ初対面なのにそれはないだろう、と愛はやんわり断った。

「……いえ、駅もすぐそこなので」

なんとか笑みを浮かべて言うと、彼も同じように笑って言った。

「送ります」

「……あの、あ、はい」

意外と強引。

はっきり言うその言い方に、なんだか送ってもらった方がいい気がして、了承してしまった。

強引そうには見えなかったから、愛は意外に思って相手を見る。

というか、ほとんど初対面なのに、と少しだけ警戒心を抱《いだ》く。

そんな愛に、笑みを浮かべた王子様はこっちです、と言った。

連れて行かれた駐車場には、白いメルセデス。兄の壱哉が乗っている車と一緒の形だった。さすがに持っている車も高級だと思った。

助手席のドアを開け、どうぞ、と中に促《うなが》される。

覚えのある座り心地の良さにほっと息を吐くと、運転席に乗り込んできた奥宮が何かを差し出してきた。

「篠原支社長に、これを渡してくれますか?」

見ると、小さな白い封筒がいびつな形に盛り上がっている。

受け取って中身を確認すると、ボタンが一つ入っていた。

「これ、兄のボタンですか?」

「ええ。二次会で落としたらしいと、以前連絡をもらっていたので。大切なもののようで、気になっていたのですが……最近、店で見つかったので」

「それで、送るって？」

「ええ、そうです。僕では、篠原支社長に会う機会がなかなかなくて。すみません、ダシに使いました」

申し訳なさそうに微笑む奥宮を見て、なんだ、と思いながら封筒にボタンをしまった。

「それに、可愛い人が一人でいるのは、昼間でも危ないですから」

その、とってつけたような台詞《せりふ》に、愛は小さく息を吐き肩の力を抜いた。

にっこりと笑った愛は、奥宮を見て口を開く。

「さすがに昼間は大丈夫ですよ。送っていただくのは、駅まででで結構です」

「わかりました。では、駅までお送りします。すみません、強引に車へ乗せて」

そう言いながら、奥宮はゆっくりと車を出した。

強引だった自覚はあるらしい。でも物腰が丁寧だから、なぜか嫌な気分にはならなかった。

そんなことを思いつつ、愛は口を開いた。

「あの、二次会のお店、とても良かったです。ご飯も美味《おい》しくて。確か、他にも同じようなお店を持ってらっしゃるんですよね？」

二次会で挨拶《あいさつ》した際に、そんなことを聞いたような気がする。

「ええ。他にレストランが一つと、バーが二つですね」

「若いのにすごいですね。二次会のお店も、上品で落ち着いた雰囲気だったし……他のお店も、よさそう。でもバーって、会員制とかあるんですか？」

「バーは会員制ではないですよ。ただ、一見《いちげん》さんはお断りですが」

ああ、そうか。二次会をしたＤｕ ｖｅｎｔという店も、どこか大人な雰囲気で、決してカジュアルな感じじゃなかった。ちょっとかしこまって行かなければならないような、そんな店。

「奥宮さんのお店には行ってみたいけど、私にはまだちょっと早い気がします。すごくオシャレで、素敵なお店でしたから」

「Ｄｕ ｖｅｎｔと、バーのカイリはそうですけど、Ｉｌ Ｎｅｉｇｅ《イルネージュ》はカジュアルな店なので、よろしければ来てください」

ちょうど信号で車が停まった時、奥宮が内ポケットから名刺入れを取り出す。中から二枚の名刺を取り出し、愛へ渡したところで信号が変わった。

「カイリって、海の里って書くんですね」

「海の傍で育ったので。バーの方はその名刺を見せれば入れますので、ぜひ」

もう一枚はＩｌ Ｎｅｉｇｅの名刺。

「ネージュ、ってどういう意味ですか？」

「フランス語で雪です」

そうですか、と言いながら愛が頷くと、車は駅のロータリーに入った。

「お使いだてしてすみませんが、篠原支社長に必ず渡してくださいね」

にこりと笑ったハーフの王子様顔。

日本人の愛には馴染《なじ》みのない綺麗な顔立ち。眩《まぶ》しい感じがして、思わずパチパチと瞬《まばた》きをしてから、はい、と頷く。

「では、気を付けて帰ってください」

自分で車のドアを開けて降りる。ドアを閉めて運転席の奥宮に頭を下げると、すぐに車は走って行った。

その後ろ姿を見送って、愛は深いため息をつく。

「なんだか、スマートな人だった……」

見た目通りの王子様みたいな人。

あんな人は、きっと女性関係にも不自由しないんだろうな、と思いつつ預かった封筒を見る。

「まあ、私には関係ないけど」

愛は引き出物の入った紙袋を持ち直し、その中へ封筒とビーズだらけの小さなバッグを入れる。

そして、駅の改札へ向かって歩き出した。

壱哉にボタンを渡すには、直接会社に行くしかないな、と考えてまたため息をつくのだった。

☆　☆　☆

友人の結婚式の翌日、愛は奥宮から預かったボタンを渡すため、仕事の帰りに壱哉の勤める会社へ寄った。まだ日の出ているうちに、寄ることができて良かったと思う。

壱哉が勤める会社は、日本アースリーという、大きな外資系企業の日本支社だ。

インフォメーションに座っている女性に、妹ということを伝えて、壱哉に会いたい旨を伝えると、十分ほど待ってもらえれば時間が取れると言われた。

そうして待つこと十五分。遠目にもイイ男である兄の壱哉が一階のロビーに姿を現した。愛を見つけて、にこりと笑う姿は本当に素敵だ。

「待たせたね、愛」

「ううん、大丈夫。こっちこそごめんね、忙しいのに。仕事でしばらく会えなくなりそうだから、先に渡しておこうと思って」

愛はバッグから小さな白い封筒を取り出して、壱哉に渡す。

首を傾げて中身のボタンを取り出した兄は、すぐに笑みを浮かべた。どこかホッとしたような表情だった。だが、すぐに怪訝《けげん》そうな顔を向ける。

「どうして愛がこれを？」

「昨日、友達の結婚式の会場で、壱兄が二次会をしたお店のオーナーさんに会ったの……奥宮さん？　とにかく、その人から、壱兄に渡してほしいって言われて」

「そう……偶然？」

もう一度首を傾げる兄に、愛は頷いた。

「うん、奥宮さんも友達の結婚式だって言ってた。ちょうど同じくらいに終わったみたいで、ロビーで声をかけられたの。それ、大事なものなんでしょ？」

そうだな、と頷いてボタンを白い封筒に戻す。

「郵送でもよかったんじゃないかと思うけど……まぁいいか」

気を取り直すように髪の毛を掻き上げ、兄が微笑む。いつも優しい笑顔で、カッコイイ。自慢の兄である壱哉を見ると、愛は理想が高すぎ、と言われたことを思い出してしまった。

しかし、それはしょうがない。愛の兄たちは皆、素敵なのだから。

「ありがとう、届けてもらって助かったよ。奥宮さんには、改めて礼を言っておかないと。仕事、今度はどこへ行くんだ？　仕事とはいえ、いろんなところへ行けてうらやましい」

「そんなことないよ。明後日《あさって》から北海道に視察旅行。ツアーの下見だから、ご飯たくさん食べなきゃいけないの」

愛は大学卒業後、エールトラベラーズという旅行代理店に入社した。そこで、事務関係の仕事をしているが、たまに営業や、先輩と視察旅行に出かけたりもする。

「ご飯たくさん、か……愛はそんなにたくさん食べられないから、大変だな」

「そうなの……できるだけお腹空《す》かせて頑張らないと……」

愛が小さくため息をつきながらそう言うと、壱哉は微笑んで愛の頭を撫でた。

「気を付けて行っておいで。ボタン、本当にありがとう」

「うん。じゃあ、もう行くね」

玄関まで送ってくれた兄に手を振る。そうして前方を見ると、視線の先に好きだった人がいた。

愛に気付いて会釈《えしゃく》をしてきた彼は、すぐ後ろにいる兄に声をかける。

氷川青瑶《ひかわせいよう》。

日本アースリーの営業部門の部長で、真面目で穏やかな、大人の男性。

好きだった、と過去形なのは、今でも好きなのだが、どうしても諦めなければならなかったからだ。さすがに、もうすぐ結婚すると知ってしまった以上、思いを絶《た》つしかない。

失恋した身としては、彼を目の前にするとまだ少し辛い。愛は目を伏せて兄の会社を出ると、大きく息を吐いた。

最近、日が暮れるのが早くて、もう暗くなってきている。足を速めながらふと目についたのは、ジュエリーショップ。あの日、氷川が彼女と入っていった場所だった。

愛が二人を見たのは、意を決して氷川に告白をしようと、仕事帰りに日本アースリー社の近くまで来た時。今のように、少しずつ辺りが暗くなってきている時間だった。

目の前を、可愛い人と仲良く歩いている氷川に気付いた愛は、二人が並んでジュエリーショップに入っていくのを、ただ見ていた。

後日、壱哉にそれとなく女性連れの氷川を見かけたことを話すと、もうすぐ結婚するという答えが返ってきて、その日はとても打ちのめされた気分になった。

告白のために奮《ふる》い立たせた勇気も、好きになった思いも、全部無にしなければならなかった。

「あー、もう、困るなぁ」

二人が入っていったジュエリーショップの前で、愛はしきりに瞬《まばた》きをする。あの日の光景を思い出して、少しばかり涙腺《るいせん》が緩くなった。

愛には氷川ほど好きになった人は、今まで現れたことがなかった。初めて本気で恋をしたけれど、叶えることはできなかった。

大きく息を吐くと、息が熱い。鼻の奥がツンとする。

愛の好きな人は、今、最高に幸せだ。好きな人と出会って、結婚するのだから。

もし愛がその間に入ろうとするならば、二人が別れるのを待つか、玉砕《ぎょくさい》覚悟で思いを伝えるか……

どちらにしても不毛だし、そんなことを考えてしまう自分を馬鹿みたいだと思った。

辛くても、諦めるしかない。

絶対に振り向かないとわかっている人を思い続けず、次の恋を探すしかないだろう。しかし、もともと恋愛に対して臆病なので、すぐには無理そうだった。

「まだ……次には行けそうにないなぁ」

ふう、と息を吐いて前を見ると、ぽろりと涙が零れた。慌てて下を見て、指先で涙を拭《ぬぐ》う。そしてもう一度ジュエリーショップに目を移す。すると、その前を通る見知った顔を見つけた。

奥宮だった。

こんな偶然ってあるんだな、と思った。どんなドラマ展開だ、と思えるほど。

頼まれたボタンを壱哉に渡したと、せっかくだから伝えておこうと声を出した。

「奥宮さん！」

名前を呼んで軽く手を挙げると、相手がこちらを見た。その隣には、めちゃくちゃ美人な、これまたハーフに見える女性。並んだ姿が、とても絵になる。

ああ、やっぱり女性には不自由してないんだ、と思いながら、同時にしまった、と反省する。きっと彼のデートを邪魔してしまった。

けれど奥宮は、愛の思いとは裏腹に王子様スマイルを浮かべて、こちらにやって来てしまった。それを見て、本当にしまった、と思う。隣の彼女はなんだか眉を寄せているように見えた。だから彼が何か言う前に、愛は頭を下げた。

「ごめんなさい！」

「はい？」

「いや、あの、すみません。とんだお邪魔を……」

頭を下げた拍子《ひょうし》に、目の縁に溜まっていたらしい涙が頬を伝った。

あ、と思って手で拭《ぬぐ》う前に、ふわりと頬に当てられたのは彼のハンカチ。

柔らかい布の感触が優しくて、愛はキュッと唇を引き締めた。

「大丈夫です、目にゴミが入っただけなので」

「……そうですか？　それにしては……目が、赤いですが」

泣いた後の目は、赤くなる。ゴミが入っただけというのは、嘘だとわかってしまったのだろう。

「綺麗な方が泣いていると、どうしていいか、わからなくなります」

柔らかくて外国人みたいな、口説《くど》くような台詞《せりふ》だな、と愛は思った。普通日本人は、綺麗な方が、なんて言わないだろう。

どんな顔をしているのかと見上げると、困ったように笑う彼がいて、愛はぽかんと瞬《まばた》きをした。

その困ったような笑顔で、彼が本当に心配しているのがわかった。愛を見ている綺麗な目から、なんだか目が離せなくなる。

「こっちにも涙が……。どうされたんですか？」

反対の目からも零れそうになった涙を、すかさずハンカチで押さえてくれる。

さすが王子様だ、と思った。

ハンカチの使い方が優しい。そう思った時、涙腺《るいせん》が緩むのがなんとなくわかった。

だけど、さっきまで一緒にいたあの人はいいのかな？　と愛は彼女のことが気になった。

でも、それを言えなかった。なぜだか、涙が溢《あふ》れてきてしまったから。

彼の優しい行為に、次々に涙が溢《あふ》れ、結局本気で泣いてしまったのだった。

2

最悪、なんて失態。知人とも言えない、今日で三回会っただけの人の前で泣くなんて。

しかも相手は、綺麗な彼女と一緒にいたのに。

でもよくわからないのは、彼が、付き合っているだろう彼女の目前で、他の女の涙を拭《ぬぐ》っているということ。

少し離れた場所にいる彼女は、黙ってこちらを窺《うかが》っている。

「あの、本当にもう、大丈夫なので。それに、彼女を待たせては悪いので」

手を前に出して、彼の行為を制する。

「呼び止めて、すみませんでした。彼女、放っておいたらだめです、奥宮さん」

「彼女……？　ああ、そうでした。ちょっと待っていてくださいね、篠原さん」

「え？」

「ああ、ハンカチ、どうぞ」

愛は手を取られ、彼のハンカチを手渡される。

奥宮は綺麗な女性のところへ行った。愛はというと、手にハンカチを握らされてしまったので、帰るに帰れない。

ちらりと窺《うかが》うと、彼は綺麗な女性に何かを言っている。遠くで途切れて聞こえる二人の会話は、明らかに日本語ではない発音のように聞こえた。でも、ハーフなのだから当たり前か、と納得する。

会話を終えた奥宮は、立ち去る彼女の頬にキスをした。やっぱり外国人の血が入ってると違う。

そう思って、愛はさりげなく奥宮から目を逸《そ》らす。

「お待たせしました。……どうかしました？」

いいえ、と首を横に振って緑茶色の目を見る。

「すみませんでした。私の用は、本当にすぐ終わるんです。兄に、ボタンを渡しました、って伝えようと思って……。奥宮さんが視界に入ったので、何も考えずに声をかけてしまったんです」

気分が落ち込んでいたこともあり、彼の隣にいる人をまったく見ていなかった。反射的過ぎたな、と反省する。

「そうでしたか。失礼ですが、篠原さん下の名前は？」

「愛です」

「愛さん……可愛い名前ですね」

にこりと王子様スマイルを向けられる。瞬《まばた》きをすると、よかったら、と言われた。

「僕の店がすぐそこなんです。この前お話しした、カイリというバーなんですが……もし、この後お時間があるなら、いらっしゃいませんか？」

咄嗟《とっさ》に、明日は仕事だと思った。それに、わざわざ彼女と別れてまで、愛と一緒にいようとする理由がわからない。

この人は意外と軽いのだろうか。

王子様みたいな、優しげでとても誠実そうに見える人なのに。

「彼女がいるのに、どうして私を誘うんですか？」

ほんの少し眉を寄せて聞くと、彼は首を傾げた。

「彼女？」

一瞬考えるような顔をし、すぐに、ああ、と笑顔で頷いた。

「彼女は、仕事仲間というか、友人です」

「え？　意味がわからない。じゃあ、あの頬にチューはなんですか？」

「えっと、すみません……単なる挨拶《あいさつ》ですが」

外見も外国人なら、中身もそうだったのか。愛は気まずそうに、目を泳がせた。

「彼女も僕も、帰国子女なんです。だから自然と、ああいった挨拶《あいさつ》をしてしまって……」

頭を掻きながら苦笑したその顔が、綺麗だけどなんだか可愛い。

緑茶色の目を細める彼を見て、誘いには乗らない方がいい、と思った。

生まれて二十四年。これまでも、こういう誘いは何度かあったけれど、乗ったことはなかった。

いや、たった一度だけ、乗ったことがある。日本アースリーに勤める、愛が好きだった人。兄のおまけではあったけど、彼から仕事の後のお疲れ会に誘われたから。

でもそれも、今となっては遠い過去のように思える。

「愛さん？」

「おごり、ですか？」

気が付けば、そう言っていた。上から目線っぽい言い方をしてしまった。でも、予防線を張るにはいい言い方だと思う。

きっと愛よりも年上の奥宮は、大人の余裕なのか、まったく愛の言葉を気にしていないようだった。

「綺麗な人に、お金は出させませんよ」

そうしてにこりと笑った王子様は、行きましょう、と言って愛を促《うなが》した。

笑顔が眩《まぶ》しい。それに、その言い方は優越感を抱《いだ》かせるものだった。

愛はこんな風に、異性に綺麗だなんて面と向かって言われたことはない。普通の日本人男性はちょっと知っているだけの女性に対して、言わない言葉。

ついて行くなんてどういうこと？　愛は心の中で自問自答を繰り返す。

こういうのって、ちょっとしたナンパのようにも思えるが、彼について行くべく愛の足は動いている。自分らしくない行動を取っているのは、失恋の痛手のせいということにしておきたい。

普段ならついて行かないんだからね、と先を行く奥宮の背中に言う。もちろん聞こえないけれど。

彼の後ろを歩きながら、この人と何を話すのだろう、と考える。

そうして歩いて、たった三分程度。

看板も何もない、綺麗なオフィスビルのような場所に辿《たど》り着く。こんな場所にバーが？　と思うほど、オシャレで綺麗なビルだった。迷いなく中に入っていく奥宮の後をついて行く。

エレベーターを待つ間に、奥宮はポケットからスマホを取り出した。

「すみません、電話をかけてもいいでしょうか？」

「ど、どうぞ」

「失礼します」

まさか、電話をかけるのに断りを入れられるとは思わなかった愛は、紳士だな、と思いつつ隣でその会話を聞く。

「奥宮です。今、個室は空《あ》いてますか？　……わかった、ではそこを」

短い会話で電話を終わらせて、ちょうどやって来たエレベーターに乗る。

ああ、本当に何をしているんだろう……

そう思って、愛は隣の奥宮の顔を見上げる。

素敵な王子様スマイル。とにかく眩《まぶ》しい。

絶対この人は、女に不自由していないはず。愛はそう心の中で呟《つぶや》くのだった。

☆　☆　☆

好きな物を頼んでいいと言われたけれど、こうした場所が初めての愛には何が何やらわからない。なので、選んでくださいとお願いした。すると奥宮は慣れた様子で注文を済ませ、細長いグラスに入った青色のお酒が目の前に置かれる。

「乾杯しましょうか」

奥宮が言ったので、軽くグラスを合わせた。おずおずと一口飲んで、愛は目を瞬《またた》かせる。

「美味《おい》しい！　甘い！」

「それはよかった」

微笑んだ奥宮が飲んでいるのは、琥珀《こはく》色の液体。きっとウイスキーだろう。もちろん愛は、そんな大人の飲み物は飲めないが。

「何か悲しいことがあったら、飲んで忘れるのも一つの手です」

ああ、泣いていたから連れてきてくれたのか。

心の中でそう思いながら、愛はもう一口お酒を飲む。

「……悲しいことだと、決めつけないでほしいです」

愛が外を向いてそう言うと、微かに笑った気配を感じる。

「違うんですか？」

「……違い、ませんけど……人前で泣くなんて。しかも、知り合って間もない人の前で」

「知らない人の方が、楽じゃないですか？」

顔を上げると、こちらを見つめる優しげな顔。

そうなのかもしれないし、そうでないかもしれない。

けれど、愛は自然に口を開いていた。

なぜかはわからない。ただ、誰かに聞いてほしかったのだと思う。失恋のことは、親しい友人にもまだ話していなかったから。

「少し前に、失恋したんです。日本アースリー社の、氷川部長に」

「氷川部長……驚きました」

「知ってますか？」

「ええ。営業部門の氷川部長とは、以前、トレジャーホテルの広報と一緒に仕事をしたことがありますから……そうですか、彼に」

奥宮はまだ驚きを隠せないような表情をし、ウイスキーを一口飲んだ。その様子もまた、王子様外見なので、あざとく見える。

これを素でやっているのなら、相当ズルく、得をすることが多そうだ。女の子はコロッとその気になり、勝手に恋をしてしまいそう。

「……ああ、そういえば、トレジャーホテルのフレンチって、奥宮さんの考えたコンセプトと料理なんでしたっけ？」

気を取り直すように、愛は話題を変えた。

トレジャーホテルというのは、日本アースリー社の傘下にあるホテルだ。

いつだったか、そんな話を兄の壱哉から聞いたことがある。

「彼は、もうすぐ結婚されると」

話を戻され、愛はほんの少し下唇を噛んで答える。

「そうです。彼に告白しようと思った日、私ってば、ラブラブモードでジュエリーショップに入っていく氷川さんと彼女を見たんですよ。ちょうど、さっき奥宮さんと会った場所です。……なんか思い出してしまって。気付いたら、涙が出ていたんです」

あの時の様子を思い出すと、また涙が出そうになったけれど、どうにか堪《こら》える。

奥宮を見ると、目を伏せて何かを考えるような表情をしていた。

「氷川青瑶……彼は名前までカッコイイですよね。スラッとしていて、真面目そうで……仕事もできる人だ。……どこか、篠原支社長と似てますね。性格はまったく違うし、顔立ちも篠原支社長の方が整っていてクールですけど」

篠原支社長と似ていると言われ、愛は自分のコンプレックスを刺激された気がして、ムッとする。

「どうせ、ブラコンですよ」

友人の美晴からも散々言われている、愛のブラコン。ここまでくると、ブラコンで悪いかと思ってしまう。

「私の兄、三人ともすごくカッコイイんです。だから、無意識に似てるような人を好きになってるのかも。それって、ダメなことですか?」

「ダメとは言ってません」

いえいえ、という風に彼は首を横に振る。

「でも、氷川さんが壱兄と似てるって言うから」

「背格好とか、ストイックな雰囲気が似ていると思っただけです。愛さんのタイプなんですね」

にこりと微笑んだ彼の言葉は図星なので、グッと堪《こら》えた。

愛は奥宮の言葉に、彼から視線を逸《そ》らす。そうして目の前の青いカクテルをゴクゴクと飲み干した。奥宮は、すぐに新しいカクテルを頼んでくれる。

「失恋は、僕も何度かしたことがあります」

「ウソつきですね」

「嘘はつきません」

そんな綺麗な王子様の外見で何をどう間違って失恋するの、と愛は唇を尖らせた。

「奥宮さんみたいな人が失恋するなんて、絶対の絶対にないですよ」

カクテルのせいで少し理性が緩くなっているのか、ちょっと子供みたいな言葉を出してしまう。

だが、どうせこの一回だけなのでいいかと思った。

「いや、本当に。一番辛かったのは大学一年の頃好きだった、人妻に振られた時です」

人妻、と聞いて顔を上げる。

「愛さんが、氷川部長のことを話してくれたので、僕も一番苦い思い出を」

にこりと笑って、奥宮が愛を見る。

「知り合ってすぐに好きになって、人妻だと聞かされても思いは変わりませんでした。不倫と承知で彼女との関係を三ヶ月続けたけれど、結局、彼女は旦那さんを選んで、失恋しました」

不倫なんて、なかなかすごい経験。奥宮のような人だったら、不倫なんてしなくてもたくさん相手はいそうなのに。

「経験豊富、なんですね」

こんなことくらいしか言えない自分が、ちょっと恥ずかしい。豊富なのかどうなのかもわからないのに。

「こんな経験、なくてもいいと思うけど、いい人生勉強になったので」

失恋がいい人生勉強と思えるまで、愛はどれだけかかるだろう。

新しいグラスを手に取って、中身を口に含む。今度は、甘酸っぱい味がした。

酸っぱさで口の中が少し染みる感じがして、大きく息を吸う。

「理想が高すぎる、って言われるけど……この人とだったら、初めて付き合う私でも、優しい気持ちで寄り添えるだろう、って思えた人だったのに」

「初めて？」

パチリと瞬《まばた》きをした彼に問いかけられて、しまった、と思う。

二十四歳にもなって、愛は誰とも付き合ったことがなかった。それこそ、友人の美晴から言われるように、理想が高すぎたのかもしれない。さすがにちょっと、自分でも変かな、とは思っている。

いらないことを言ってしまった、と恥ずかしくなり、変な汗が出てきた。

「そうですか……でも、この人だったら、と思う人が現れるまで……愛さんは、それでいいと思いますよ」

「え？」

「僕から見ても、篠原支社長はとてもイイ男だと思います。身近にずっと、彼のような人がいたら、理想が高くなるのも当然でしょう。だから、理想は下げない方がいいと思いますよ。僕は、妥協するのが嫌いなので」

『どこかで妥協しないと、誰も来ないよ』

そう言われて、何年経つだろう。学生の時も、社会人になってからも、ことあるごとに言われた。

ようやく理想の人と会えたと思ったのに、その人にはすでに特別な人がいた。

「ある程度の諦めというか、妥協は人生において必要ですよね？」

「そうですね、否定はしません。だけど……僕もそうですが、愛さんがこれから出会って恋人となる人は、人生のパートナーになる可能性がありますよね？　そういう相手を妥協で選ぶのは、自分の一生を、その妥協で生きていく、ということになります。だから、恋人にする相手は、妥協しない方がいいでしょう」

にこりと微笑んで、なんだかすごい名言を言われた気がした。なんだか軽そうな人だと思っていたけれど、そんなことを思っていた自分が恥ずかしい。

奥宮は柔らかい外見と違い、しっかりとした考えを持つ、大人の男だった。

「でも素敵な人って、大体もう他の人のものになってますよね。氷川さんもそうでしたし……」

ああ、なんだかまた涙が出そうだ。

愛は、グラスのお酒を口に運ぶ。まるでやけ酒だ、と思いながら、ため息をついた。

「きっと奥宮さんも、そうでしょう？」

絶対そうに決まっている。

「僕に興味を持ってくれるんですか？　光栄です」

奥宮は嬉しそうに笑った。笑うと華やかだな、と愛は瞬《まばた》きをする。

いや、そういうわけではないけれど、と内心で首を振りながら彼を見た。

なんというかこの人は、言うことがいちいち外国人っぽい。普通、光栄です、なんて言わないと思う。

「期待に添えなくて申し訳ないですが、僕はここ一年半ほど、フリーなんですよ」

「ウソつきですね。たとえフリーでも、イケメンには必ず誰かいる、って聞きますけど！」

ガールズトークで、いつも言われること。

イケメンには、ヤルだけの人が絶対にいるのだとか、なんとか。そんなことはゴニョゴニョとしか愛は言えないけれど。

「セフレのことですか？　いたら寂しくないかもしれませんが、そういう人は作れない性質《たち》なので」

セフレとはっきり言われて、愛はちょっと顔が熱くなる。あんまり使わないワードを言われると、すごく困ってしまう。

そういう愛をどう思っているのかわからないが、彼は苦笑していた。その様子も思わずじっと見てしまうくらい魅力的な人だ。

本当かどうかはわからないけれど、もし事実だとしたら誠実な人なのかもしれない。

そこで、ハッとする。

もしかして、意外と、理想の相手だったり？　全然、兄の壱哉とは違うタイプだけど。

いやいや、そんな。

会ってまだ三度目の人を、理想と考えるなんてどうかしている。

「初めてＤｕｖｅｎｔで愛さんを見た時、綺麗で可愛い人だなって思ったんです。篠原文社長の、結婚式の二次会の時です」

緑茶色の目がじっと愛を見るので、愛は落ち着かなくなって瞬《まばた》きをした。

「挨拶《あいさつ》したら、日本の名前だって驚いていたでしょう？　あれが、結構ツボでした。可愛くて」

初めて会った時、そう……この人は奥宮楓、と名乗った。けれど、外見はどう見てもハーフというか、外国人にしか見えないし、透き通った綺麗な目の色をしていたので、名前を聞いて驚いた覚えがある。

「可愛いって……まるで口説《くど》いてるみたい、ですね」

あは、と軽く笑って愛が言うと、奥宮は笑みを浮かべて頷いた。

「はい、口説《くど》いてます。だって、これを逃したら、もうあなたと会えないでしょう？　これでも結構、必死ですよ……愛さん」

何度も瞬《まばた》きをする。

この人本当に外国人だ。日本人なら、面と向かって口説《くど》いているなんて、言ったりしない。必死ですなんて、自分をアピールしない。

「友人の結婚式の会場で、再会できてよかった。でも、車の中で必死にいろいろ考えているうちに、あなたの連絡先を聞くどころか、自分の連絡先さえ伝えられなかった。そのことをずっと悔やんでいて。だから今日、あなたから声をかけてもらえて、本当によかった。偶然に感謝します」

そうして浮かべた、王子様スマイル。

そんな口説《くど》き文句には、慣れていない。生まれて初めて、愛は男の人に口説《くど》かれるということを経験した。

「連絡先を、教えてもらえませんか？　友達からでいいので、僕と付き合うことを、考えてほしい」

「……まっ、まだ、会って三度目、です」

たった三度目で、こんなに熱い告白を受けるとは思いもしない。きちんと話したのも今回が初めてなのだ。

「もう三度目です。感じたら、動くと決めているので」

彼は、たった三度目と思う愛に対し、もう三度目なのだと言う。この王子様みたいなイケメンは、とてもポジティブらしい。

付き合ってみて、合わなかった時のことを考えないのだろうか。

「で、でも、お互いのこと、何も知らないし。知ったら幻滅するかも。感じたからって、すぐに口説《くど》くのは、軽率だと……」

「愛さんは、きっと素直な良い方です。そう感じたから、友達からでもいいので、僕と付き合うことを考えてほしいのですが」

強引なことを優しく微笑んで言う奥宮を見て、愛の頭が混乱してくる。

たとえば、友達期間に、やっぱり君とは付き合えない、と言われたらどうするのか。そんなことになったら、きっと愛の心は傷付くだろう。

勝手に未来を想像して、ダメだと思うが……

「僕では、ダメですか？　愛さんの理想に、少しも届きませんか？」

そう言って、緑茶色の目が沈んだように少しだけ陰った。途端に、罪悪感が刺激される。

「わ、私、きっと面倒くさいですよ……ブラコンだし」

思わず、自分でブラコンだと宣言してしまった愛は、彼から視線を逸《そ》らした。

「それは、あなたが思っているだけかもしれませんよ」

優しい声に、そっと視線を戻した。どれくらい見つめ合っていただろうか。

こんなことが、愛の日常に起こるなんて思わなかった。本当に何気ない、ちょっとした縁を結んだだけの相手なのに、その関係が変化していく。

というか、彼に向かって心が動き始めるのを感じた。

それでも、バッグの中からスマホを取り出すのを、ちょっとだけ迷ったけれど。

「……連絡先、ＳＮＳでもいいですか？」

「ありがとう」

ホッとしたような奥宮の顔は、本当に整っていてカッコイイ。

アドレスを交換しながら、どうしようという思いが込み上げてきた。

画面に表示された「楓」という名前を見て、目の前の奥宮を見る。

これから自分はどうなるのだろうと思いながら、ちょっとだけ怖くなる愛だった。

3

上司と二人、仕事の下見で北海道旅行。それも、ただただ食べるだけの旅行だ。

目の前のテーブルには、蟹料理が所狭しとばかりに並んでいる。

「さあ、愛ちゃん。頑張って食べましょ？」

にこりと笑った上司、神津衣通姫《かみつついつき》はとても綺麗。背が高く、正統派美人の彼女は、バイタリティのある頼れる上司だ。

「衣通姫さん、この蟹、みんな食べるんですか？」

「当然！　残したら、もったいないじゃない。だって、食べないとこの子たち捨てられちゃうよ？」

「捨てられちゃうのは、可哀そうですけど」

「そうでしょ？　だからほら、愛ちゃんも、どんどん食べちゃってよ」

そう言って、お皿の上にこんもりと蟹の山ができる。愛は腕まくりをして、一つ手に取って足を折った。

「北海道の食べ物屋さん、やっぱり美味《おい》しいところは高いですね」

「こんなものでしょ？　北海道ツアーの目的は、食べることだってお客様も多いからね」

「そうですね。そういえば衣通姫さん、旦那さんは大丈夫なんですか？　一週間の間、ご飯とかってどうしてるんです？」

衣通姫は、結婚してまだ一年くらいの新婚だ。旦那さんは、トレジャーホテルの支配人で神津叡《えい》智《ち》という。繊細な顔立ちのものすごい美形だ。

一週間の出張は結構長い。既婚者の衣通姫が、そんなに長く家を空《あ》けても大丈夫なのかな、と思ったのだけれど。

「大丈夫。実は彼もアメリカに出張中なの。あっちは二週間帰ってこないのよ。経営者会議みたいなものだって」

「あ、それ、壱兄も行ってるかもしれません。比奈ちゃんが、そんなこと言っていたような」

比奈ちゃんというのは、先日結婚したばかりの壱哉の奥さんで、愛の憧れの女性だ。細くて色の白い、猫のように大きな目をした可愛い人。スラッとしていて、憧れる体形をしている。

「篠原さん、日本アースリーの支社長だもんね。そっか、可愛いあの人は元気？」

トレジャーホテルは、日本アースリーの傘下にある。その支配人である衣通姫の夫は、壱哉の結婚式にも出席していた。当然、妻である衣通姫も一緒だ。

「元気です。でも、壱兄ってば出張ばかりで……この前はロシアに行っていたし」

「新婚なのに忙しそうね。奥さん、寂しくないのかしら？」

「寂しいみたいです。でもしょうがない、って思ってるみたい。……比奈ちゃん、壱兄にすごく大切にされてるから。ああいうの、いいなぁって思います」

兄の壱哉は妻の比奈を大切にしている。比奈は三番目の兄、健三の幼馴染《おさななじみ》だ。家が近所ということもあり、壱哉とも昔から顔見知りだった。

いつの間にか付き合うようになっていた二人だが、兄の海外赴任を機に一度別れた。その間に、壱哉は別の女性と結婚したけれど、やはり比奈が忘れられなかったのだろう。すぐに離婚して、その一年半後、比奈と再婚した。

きっとお互いに、お互いしかいなかったのだと思う。本当に好きな相手との結婚は、傍で見ていても、とても幸せそうでうらやましいくらいだ。

「愛ちゃんには、そういう人いないの？」

「私ですか？　いないですよ！」

咄嗟《とっさ》にそう言うが、王子様みたいな容姿をしたあの人の顔が思い浮かんでしまう。

でも、彼とは付き合っているわけじゃないと、それを打ち消した。

「愛ちゃん、綺麗な顔立ちしてるのにね。さすが篠原さんの妹っていうか……モテるでしょ？」

ふふ、と笑って蟹を頬張る衣通姫を見て、愛も同じく蟹を食べる。

「ダメなんです、私。ブラコンだから。わかってるんですけどね、兄たちみたいな人、そうそういないって」

「みんな顔、整ってるもんねー、愛ちゃんのお兄ちゃんたち。特に壱哉さん、秀逸よね……雰囲気とか、社会的地位と相まって、なかなかいないって感じ？　でも、愛ちゃんの場合は、ブラコンっていうほどじゃないと思うけど？　ただ、ちょっと周りに素敵な人が多いだけよ」

そう言ってもらえるとなんだか気が楽になる。けれど、この美人な衣通姫こそ、素敵な人に入るし、彼女の夫は兄の壱哉と同じくらい容姿が秀逸なのだ。

「衣通姫さんの旦那さんも、すごくカッコイイじゃないですか？」

衣通姫の夫は、上品な大人の雰囲気が本当に素敵な人だと思う。それに、壱哉から聞いた話によると、随分とやり手なホテルマンらしい。

「うーん、そうね。ありがとう。私、美しさで負けるもんね、叡智さんには」

そんなことないと思いつつ、愛は目の前の蟹の足を折った。ぎっしり詰まった身を取り出して、口に運ぶ。

「それに私、失恋したばかりなんですよ。だから、余計にそういうの無理っていうか」

「うっそ？」

「本当です。その人、近々結婚するんですよ。この前、ラブラブな雰囲気でジュエリーショップに入って行くの見ちゃったし」

悲しかったし、すごく落ち込んだ。

せめて好きと伝えればよかった。だけど、やっぱり伝えられなかったようにも思う。

恋には奥手な上に、壱哉をはじめとする兄たちを見て育ったから理想も高い。おまけに、愛がいいなぁと思う人には、大抵、隣に別の誰かがいる。

「そっか……愛ちゃんが好きになるくらいだから、きっとイイ男なんでしょうね？」

図星を突かれて一瞬言葉に詰まるが、やけくそで笑った。

「そうなんですよ。本当にイケメンで、素敵な人でした。……そういう人が、一人なわけないですよね？」

一年半フリーだと言った、あの人、奥宮だって本当のところはわからない。あれだけ異国の王子様みたいな外見をしているのだから。

「そんなことないと思うけど。叡智さんだって、三十三歳まで独身だったし。篠原さんだって、一人だったじゃない。だから愛ちゃんにも、絶対イイ人がいると思うんだけどなぁ。……誰か紹介できる人いたかなぁ……」

「いいですよ、私は」

苦笑する愛に、あっ、と誰かを思い出した様子の衣通姫が、身を乗り出してきた。

「一人だけいたわ！　ねえ、愛ちゃん。紹介とか、そういうのはダメ？」

「そういうわけじゃないですけど……あまりあからさまなのは、困ります」

「そっか。愛ちゃん、奥ゆかしいもんね」

ふふ、と笑って衣通姫は蟹を頬張る。大きな口を開けて遠慮なく蟹を頬張ったり、顔をくしゃくしゃにして笑ったり。そんな天真爛漫《てんしんらんまん》な衣通姫は、とても魅力的だ。

こういう人ほど、真にモテる女性なんだろうな、と愛はうらやましくなってしまう。

「なら、自然な感じだったらいい？」

「……それなら、はい」

「じゃあ、決まり。さっさと蟹食べちゃおう！」

顔をクシャッとして笑ってそう言う衣通姫を見て、愛は苦笑まじりに頷いた。

いいなぁ、衣通姫さん。私も前に進まなきゃ。

同時に、愛はいろんな人と会った方がいいよ、と言った友人の言葉も思い出す。

王子様のような奥宮への連絡は、まだしていない。

というより、何度もスマホの画面を眺めては、ため息をついて終わる日々を過ごしている。

恋愛に対しては特に引っ込み思案な性格だから、それも悪いところだ。

自分から連絡なんてできないよ、と心の中で呟くのだった。

☆　☆　☆

出張から帰って来た愛は、実家に北海道土産《みやげ》を持って行った。

就職して一人暮らしを始めた愛だが、さすがに一年以上も経てば一人の生活に慣れてきた。

それでも、やっぱり実家に帰るとホッとするなぁ、と思いながらその日のうちに自分のマンションへ帰る。

大きく息をついてから、スマホの画面を覗《のぞ》く。

画面に映る楓の文字をじっと見つめて、愛はさらに大きなため息をついた。そのまま画面を閉じると、テーブルの上に置いた。

結局その日も、彼に連絡できないまま終わってしまう。

翌日、仕事をしながら、頭をよぎったのは奥宮の笑顔だ。

連絡先を交換してから、すでに一週間以上が経っている。ちっとも連絡をしてこない愛のことなど、脈がないと思って諦めてしまったかもしれない。

愛はスマホをタップして、画面に表示された楓の文字を見つめた。

無意識にため息をついていると、衣通姫に声をかけられる。

「トレジャーホテルに契約書類を持って行くから、ついて来ない？」

「あ、はい！　今、用意します」

愛は急いで自分の仕事用のバッグを持って、衣通姫の後ろをついて行く。

「ねぇ、愛ちゃん、さりげなく紹介、がいいのよね？」

トレジャーホテルは、会社から歩いて二十分くらい。けれど会社の車で行くらしく、衣通姫の手には車のカギがあった。

「えっと……なんのことですか？」

「男の人紹介するって、言ったじゃない」

そういえば出張中にそんなことを言われたな、と思い出す。

「あれ、本気だったんですか？」

「もちろんよ。きっと、愛ちゃんの理想に適《かな》うような人だと思うから」

にこりと笑った顔は相変わらず綺麗だ。

愛の理想に適《かな》うような人、というフレーズからして、理想が高いのが前提のように聞こえる。確かに高いのかもしれないけど、好きになれるかどうかが問題なのではと思う。

それに、男の人を紹介すると言われても、男性と付き合ったことがない愛には、どうしたらいいのかわからない。そもそも付き合い方も知らないのだ。デートもしたことがないのだから。

もちろん、兄と出かけたことなら何回もあるけど、兄と他人はまったく違う。

戸惑う気持ちの中、なぜだかよくわからないが、奥宮の笑顔をまた思い出してしまった。柔らかそうな茶色の髪の毛と緑っぽい茶色の目。

話す速度もちょうどよく、外見と同じく低いけれど穏やかな声。

「……いつですか？　それ」

もう一週間経つのだから、相手は諦めているはずだ。それに、連絡してこない愛よりも、きちんと電話なりメッセージなりを入れる女性の方がいいはずだ。

奥宮だったら絶対に、そういう相手には不自由しないはず。そう思いながら大きく深呼吸する。

「ん？　今日、今から。時間帯も狙ったから任せて。すごく自然に会うことができるから」

そう言って運転席に乗り込む衣通姫を、助手席から見る。

「今って……仕事中ですけど……いいんですか？」

さすがに今からなんて、心の準備が、と焦る。だが衣通姫は愛の気持ちとは裏腹に、にっこりと笑った。

「大丈夫、相手も仕事で来てるはずだから」

衣通姫はどこか楽しそうで、軽快に車を走らせた。

いきなり紹介なんてされて、大丈夫だろうか、と思う。それに、仕事で来ている相手と、いったいどうやってコミュニケーションを取れというのか。

「本当に大丈夫なんですか？」

「大丈夫、大丈夫」

そうして彼女の運転する車は、十分弱でトレジャーホテルの地下駐車場に着いた。

衣通姫は書類を手に、行きましょ、とホテルの中に入っていく。

トレジャーホテルの中はとても綺麗だ。いかにも高級ホテルといった雰囲気。けれど、それを強くアピールしたりせずに、上品で落ち着いた高級感を醸《かも》し出している。

衣通姫は躊躇《ためら》うことなくエレベーターで最上階まで上がり、真っ直ぐ支配人室へ向かった。その後ろをついていく愛は、勝手にいいのかなと、少し不安になる。

「ほ、本当に、大丈夫なんですか？」

心の準備もそうだが、やっぱり奥宮の顔がよぎってしまう。あの人とはなんでもないし、と心の中で呟《つぶや》くが、こんなにも気になるのはなぜなのか。

「ちゃんと、事前にアポは取ってるから。叡智さんも、仕事相手と話をしてるかもしれないけど、入っていいって言ってたし」

支配人室をノックする衣通姫を見る。愛としては、内心ため息だ。

すぐに中からドアが開いて、いつ見ても整った顔立ちの衣通姫の夫が顔を出した。

「契約書類をお持ちしましたけど、今いいですか？」

封筒を見せて、にこりと笑うと、相手も少しだけ笑った。

「お待ちしておりました、どうぞ」

夫婦でも仕事の時は敬語を使う二人を、いい関係だと思う。愛はそれもうらやましい。

中へ入るように促《うなが》されて、衣通姫の後ろについて、支配人室に入る。

この部屋の中に、愛に紹介したいという人がいると思うと、なんだか緊張してきた。やっぱりついてこなければよかったと後悔した時、衣通姫が意外な人の名前を口にした。

「奥宮さん、久しぶりですね」

耳に入ってきた衣通姫の言葉に、愛はパチリと目を瞬《またた》いた。聞いたことのある名前に、え？　と思う。

顔を上げて、目の前のソファーに座っている相手を見る。相手もこちらを見て目を瞬《またた》かせた。そして、すぐに笑みを浮かべる。

とても綺麗な王子様スマイルだった。

思い浮かべるのと実際とでは大いに違っていた。現実の彼は、想像より何倍も王子様で綺麗な顔をしている。柔らかそうな髪の毛をしているし、目もキラキラしていた。

「久し振りですね、衣通姫さん。今日はお仕事ですか？」

「そうなんです、すみませんお話の途中でお邪魔してしまって」

「いえ、神津支配人から事前に伺《うかが》っていましたから。それに、そろそろウチの社員旅行についても、確認をしたかったので」

そして彼は、ソファーから立ち上がってこちらに来る。愛は思いのほか彼を見ていたらしく、バッチリと視線が合った。けれどその緑茶色の瞳から、少しだけ目を逸《そ》らす。

「あ、そうだ。この子、会社の後輩で、篠原愛さん。綺麗な子でしょ？　もしかしたらお世話になるかもしれないので」

これから、と言って衣通姫はにこりと笑う。

愛は、顔が引き攣《つ》りそうになるのをどうにか堪《こら》えた。こうやって出会うと、なんだか上手《うま》く表情が作れない。とりあえず、バッグの中から名刺を取り出し、両手で奥宮に差し出す。

「はじめまして、篠原愛と言います。エールトラベラーズの事務と時々営業をさせていただいてます」

できるだけ笑顔でそう言うと、奥宮は瞬《まばた》きをして王子様スマイルを引っ込めた。そして、彼も名刺を愛の前に差し出す。

本当は初対面ではないのに、はじめましてと言ったからだろうか。

笑顔が少しだけ違う。

「株式会社海里《かいり》グループ、代表取締役の奥宮楓です」

それを聞いて、思わず瞬《まばた》きしてしまった。

「え、海里グループ、ですか？」

聞き返したのは、海里グループという会社が飲食業界において、有名な会社だからだ。確か株式も上場しているのではなかっただろうか。

「ええ。ご存じですか？」

もちろん知っている。グループが持っている店舗の名前を全て知っているわけではないが、たくさんリサーチした会社だった。

「私が、就職試験落ちたところです」

海里グループは国内にカフェやバー、レストランを持っていて、その数は数十店舗に及《およ》ぶ。そういえば、この前お酒をおごってもらったバーも海里という名前だった。

就職を希望しておきながら、まったく気付かなかった自分を、バカだと思う。こんなことだから、就職試験に落ちたのだろう。

「そうでしたか。今なら採用しますよ。こんなに美人な方がオフィスにいたら、楽しいですから」

なんとなく軽い口調に、小さく笑うことしかできない。初めて会った体《てい》で喋《しゃべ》っているのもあるだろうけれど。

だが奥宮は先ほど引っ込めた、王子様スマイルを愛に向ける。

相変わらず口が上手《うま》くて、それがとても自然だ。彼は、こういう言葉が自然と出てくるような環境に、育ったのかもしれない。

「お上手、ですね」

少しだけ笑って言うと、衣通姫が横から声を出す。

「奥宮さんって、経営だけじゃなくお店のプロデュースもすごいのよ。トレジャーホテルのフレンチも、奥宮さんにお願いして有名になったし。なんだろ、ほっとするっていうか、ゆったりできるっていうか……いい雰囲気ですよね」

「ありがとうございます。僕も、それを目指してます」

そう言う奥宮を見た衣通姫は、次に愛を見てにこりと笑う。どうかな？　と言うように。なんだか目線が愛の反応を窺《うかが》っている。

そんな彼女に、愛は当たり障りのない笑みを向けた。だが、彼女のどうかな？　と聞きたげな表情を思うと、もしかして、と思った。

さりげなく紹介、ってこの人のことなの!?　と、愛はあまりの偶然に頭を抱えたくなる。

もらった名刺を見ると、奥宮楓の文字の下に、外国語で別の名前っぽいのが書かれていた。代表取締役の肩書もあるし、なんと言っても海里グループは業界屈指の会社だ。

兄の壱哉の結婚式の二次会で使われたお店は、奥宮が経営している店の一つ。兄はアースリーという大企業の日本支社長。一流のお店を使うのは当たり前のことだ。

愛は物事の辻褄《つじつま》が合わないと、上手《うま》く理解できない時がある。今、やっと奥宮楓という人が一握りの成功者なのだと完全に理解できた。

兄はすごい人。衣通姫の夫も。その仕事相手である奥宮が、すごい人なのは決まり切ったことだった。

あまりに気軽に、そして普通に話をしてしまっていた自分を反省する。

愛は、まだやっと社会人二年目の、普通のＯＬだ。

「そんなすごい方とお会いできて、恐縮……です」

営業スマイルでそう言うと、奥宮が緑茶色の目を瞬《またた》かせ、少しだけ視線を下げた。

けれど、すぐに微笑んで愛を見る。

「僕は、あなたに会ったことがあるのですが」

「え、そうなの？」

驚いた顔で衣通姫がこちらを向いた。

「ああ、そういえば篠原支社長の結婚式の二次会は、Ｄｕｖｅｎｔでしたね。もしかして、そこで篠原さんと会っていたのですか？」

衣通姫の夫である、叡智がそうフォローを入れる。

そうだ、そこで挨拶《あいさつ》をされた。見るからに外国人のような顔立ちなのに、日本の名前がミスマッチで。

「そう、だったんですね。すみません……はじめましてのような気がしたんですけど」

あの頃は、まだ好きな人に夢中だった。だから、友人の結婚式場で偶然再会するまで、思い出すこともなかった。奥宮楓、と名前を言われて、ああ、と思ったくらい。

「残念です。綺麗で可愛い方だから、僕は覚えてましたよ」

そうして、思わず見惚れてしまうような魅力的な笑みを浮かべる。

愛はこんな人に、友達からでいいので、付き合うことを考えてほしい、と言われた。連絡先を交換しておきながら、なんのアクションも起こせなかった。できなかった。

もう諦めているだろうと思っていたけれど、目の前の奥宮はそんな感じに見えなかった。

そんな状況ではじめまして、と言った愛を、奥宮はどう思っただろうか。

「でしたら、海里グループの社員旅行、篠原をツアー担当にするのはどうですか？」

衣通姫がさらりとそう言った。それを聞いた愛は、やったことないよ！　と内心青くなる。

愛の仕事は、主に飛行機や宿の手配といった、事務作業がメインだ。営業はほんの時々、メイン担当のサポート程度でしか経験がない。

「篠原は、仕事が丁寧でしっかりしています。社内にトラベルデスクを設置していただけるというお話なので、まずはパスポートの確認など、事務的なことから始めさせていただけます？」

どんどん話を進めていく衣通姫に、愛の焦りが募《つの》る。

海里グループの社員旅行なんて、いったいどれくらいのプランがあるのだろう。旅行先がバラエティに富んでいたら、一人では処理しきれない可能性がある。

「実は篠原には、まだツアーの担当をさせたことがないんです。こんなことを奥宮社長にお願いするのは恐縮ですが、篠原に勉強させていただけないでしょうか。もちろん、私の方でしっかりフォローしますので」

「いいですよ。綺麗な方が社のトラベルデスクにいてくれるだけで、男性社員は喜ぶでしょうし」

いとも簡単に返事をした奥宮に、愛は息を呑んだ。

そんな愛を置いてけぼりにして、奥宮と衣通姫の間で話が進んでいく。

「これから四ヶ月かけて、社員のほぼ全員にハワイへ行ってもらう予定なんですが、年末年始のプランが社員に人気がありましたね。僕は正月に行くことにしたんですけど。……では、よろしくお願いしますね、篠原さん」

そう言って、奥宮は今までで一番の王子様スマイルを浮かべた。

よろしくお願いされてしまった愛は、呆然と目の前の奥宮と衣通姫を見る。

これ以上ない接点を作られてしまった。

自然に、と言った通り、本当に自然な紹介の仕方をされた。

これまで連絡をしなかった愛だけれど、これからは仕事で毎日会うかもしれないと思うと、どうしようという気持ちが先に立つ。

こういう時、自分の経験のなさが恨《うら》めしい。

愛の素敵な兄たちに、負けず劣らず素敵な奥宮。

心の中で泣きたい気分になるくらい困惑するなんて、初めての経験だった。

4

「壱兄、奥宮さんってどんな人？」

出張から帰ってきた兄の壱哉に、単刀直入にそう聞くと、首を傾げた。

「奥宮さん……って海里グループ取締役の？」

「壱兄、奥宮さんが海里グループの取締役って知ってたの？」

「知ってたよ、仕事相手だし」

聞きたいことがあると言って電話をしたら、夕食を食べにおいで、と誘われた。今日は壱哉と妻の比奈との共作らしく、カルボナーラとアランチーニというライスコロッケ。特に壱哉の作ったアランチーニは美味《おい》しくて、ついパクパク食べてしまう。

「言ってよ！」

「言わなかったか？　奥宮さんのところはＤｕ ｖｅｎｔみたいなレストランより、カフェショップとかバーとかの方が多いんだ。アン・カフェも海里グループだね。レストランはどちらかというと、プロデュースした店の方が多いんだ。トレジャーホテルのフレンチとか」

「……うっそ、アン・カフェって、海里グループなの？」

本当に、愛は就活で海里グループの何を調べていたのだろう、落ちて当然だ。どんな店が海里グループの傘下なのかきちんと調べていなかったということだ。

アン・カフェはとてもカジュアルなお店で、まったく重厚感はない。某有名カフェショップと同様に若い人たちが多く、勉強する学生をよく目にする。

海里グループの店舗はどちらかというと大人向け、玄人《くろうと》向けの店ばかりだろうと、勝手に思っていた。が、それは間違いで、どんな年齢層にも対応している店舗を構える会社だったのだ。

アン・カフェはフランス語でカフェという意味。名前が簡単で覚えやすいそのカフェショップは、都内に数十店舗はあるだろう。雑誌とかテレビとかで、シーズンごとによく取り上げられる店だ。

「そうだよ。バーは、海里と……あと、ロックメイプルが有名だね。数店舗あるし。でも海里と違って、かなりカジュアルだ。そういえば、ロックメイプルは、本人がすごく恥ずかしいネーミング、って言ってたっけ」

壱哉が笑って、そう言うのを聞いて、愛は少しだけ口を尖らせた。

「壱兄って、たまーに言葉が足りない時がある。奥宮さんと初めて会った時、今くらい丁寧に教えてくれてたらよかったのに」

「気が回らない時だってあるよ、愛」

苦笑する顔は、自分の兄ながら魅力的だ。

「どうしてそんなことを聞くの？　愛ちゃん」

不思議そうに比奈が尋ねてくる。相変わらず、比奈はとても可愛い。

「んー……なんか最近、接点が多くて……。比奈ちゃん、ロックメイプルってどういう意味？」

愛が聞くと、比奈が答えた。

「砂糖楓、メイプルシロップの原料のこと」

「楓？」

「うん、楓」

それを聞いて、思わず笑ってしまう。

「自分の名前をお店の名前にしたの？　びっくり」

愛がそう言うと、壱哉が首を横に振って口を開く。

「自分でつけたわけじゃないよ。父が勝手にネーミングしたって言っていた。それで、奥宮さんとどういう接点があったわけ？」

壱哉が真面目な顔で、どういう接点、と聞いてくるから、ただ緩く笑って答える。

「友達の結婚式に行ったら、その会場で偶然再会したの。その時、壱兄のボタンを預かったんだよ」

「そうか。それは聞いたよ。それから？」

次はどこで会ったのか、ということらしい。接点が多いと言ったのは愛だから、すでに何度も会っていると判断したのだろう。

「あとは……えーっと、道でばったり。壱兄にボタン渡しに行った日に……。あとは、仕事で海里グループの、社員旅行担当になった」

「それで、奥宮さんってどんな人？　ってわけ？」

壱哉がにこりと笑ってじっと愛を見つめた。頷くと、テーブルの上にあるワインを一口飲んで口を開く。

「頭のいい、キレる人、かな」

それは自分のことじゃないの？　と、愛は密かに思った。それにしても、壱哉がそんな風に人を褒《ほ》めるのは珍しい。

「いつも笑顔で前向きで……経営者に向いている。同じ立場の者として、尊敬できる人だ。あと、知らなかったけど、大学の後輩だった」

「T大!?」

壱哉は賢くて、日本最高峰の大学を卒業している。一応卒業しただけと兄は言うが、まず入学できるところがすごいと思うのだ。

そんな兄と同じ大学を、奥宮は卒業しているという。

「そう。しかも最難関と言われる文科一類。実際、国家公務員試験に合格して、外交官をしていたらしいけど」

最難関の学部、その後、国家公務員にもなっている。王子様な外見らしい、輝かしい経歴。

「え!?　なんで辞めちゃったの？」

「さあ、それは聞いてない。愛、どうしてそんなに奥宮さんが気になる？　恋でもした？」

「はぁ⁉　ち、違う、違うし！」

手と首を同時に振って答えると、壱哉と比奈が顔を見合わせて笑う。

「力いっぱいの否定だね、愛ちゃん」

「だって、変なこと言うから。壱兄、ってば、本当にもう！」

本当に心臓に悪い。奥宮に対して、恋とかそういう気持ちはまったくない。

ただ、友達からでもいいから、付き合うことを考えてほしいと言われただけで。

でも、この間は失敗してしまったかもしれない。

初めてじゃないのに、初めて会ったように挨拶《あいさつ》してしまった。あの時、一瞬だけ奥宮の顔から笑顔が消えたと思う。

思い返すたびに、後から後から反省することばかり。

おまけに、あの後も電話もメールもできていないのだ。

「いい人だよ。仕事に対して、真摯《しんし》に向き合って妥協がなかったし。きちんと予算内で改装から家具の全てをプロデュースしてくれた。料理もさすがだったしね。フランスから、素晴らしいシェフを紹介してくれたよ」

壱哉がそう言うのなら本当だろう。確かに奥宮はいい人そうだ。

「結構、物事をはっきり言う印象だったけど……」

「でも、主張しすぎたりしないでしょ？　物腰も柔らかいから、良い印象しかないけど」

「すごく褒《ほ》めるね、壱兄。壱兄がそんなに褒《ほ》めるなんて、すごい」

愛の言葉に、まぁね、と言ってワインを飲む。

「奥宮さんは、みんながいい人だって言う。人柄はもちろん、仕事も早くてやりやすかった。あれほど、誰からも好かれる人って、そういないと思うけどね」

愛は瞬《まばた》きをして、大きく息を吐く。

「聞けば聞くほど、なんかすごい人だね」

アランチーニを頬張って言うと、壱哉が苦笑する。

「そういう人も、話せば普通だったりするものだけど。あまり特別に見ちゃダメだよ、愛」

「でも、特別に思うようなこと言ったの、壱兄だけど」

「普通だよ、きっと。奥宮さんは、確かに容姿とか際立っているかもしれないけど、気さくな普通の人だと思うよ」

普通だと繰り返す兄の言葉に頷くと、壱哉が笑みを浮かべる。

「愛、早く食べないと、比奈さんがみんな食べちゃうよ？」

「ちょっと！　みんな食べたりしないし。酷い、壱哉さん」

そう言って壱哉の肩を軽く叩く比奈を眺めた。そういえば、昔から壱哉を叩くのは、比奈だけだったなと思う。

二人が結婚して、本当に良かった。

幸せそうな二人の姿に愛の顔にも自然と笑みが浮かんだ。

そういう人が自分にも現れるかな、と考えながら、思い浮かべるのは奥宮の顔で。

少し前までは、氷川の顔だった。

なのに今は、好きだったあの人の顔ではなく、奥宮の顔を思い出す。それは、どこか気分が悪かった。奥宮に対してではなく、自分に対して。

付き合ってほしいと言われたからって、すぐに思い出す人が変わるなんて嫌だと思う。

それなのに、この間の奥宮を思い出して、電話をした方がいいのかも、という気持ちになってくる。

連絡先を交換して、一週間以上、いやすでに二週間近く経っただろう。

友達から、というのを自分で承知したくせに。

愛は自分の至らなさに、小さくため息をつくのだった。

☆　☆　☆

自分のマンションに帰って、お風呂に入った。

そうしてお風呂から上がった愛は、じっとスマホを見つめ、楓の名を表示する。何度もそうしてきたが、今日は意を決して、通話ボタンをタップした。

しばらくコール音が続いて、留守番電話に切り替わる。

「忙しいのかな？」

時計を見ると、時刻は午後十時。こんな時間に電話をかけるのは失礼かなぁ、と迷いながら、もう一度通話ボタンをタップする。

今度は、数度のコールで繋がった。

『はい、奥宮です』

耳元から聞こえる奥宮の声に、にわかに緊張する。

「あ、あの、もしもし、篠原です」

『はい？　あ、ちょっとお待ちいただけますか？　周りがうるさくて、すみません』

電話口から聞こえる音は確かにうるさくて、どこにいるのだろうと思う。女性の叫び声っぽい陽気な声も聞こえてきた。

『お待たせしました、もう一度お願いします』

少しだけ静かになって、愛は再び名乗った。

「篠原です」

『……あ、ああ、このタイミングで……ちょっと待ってください、五分……いや三分だけ。大丈夫ですか？』

「はい、あの……」

どうしたんですか？　と言う前に奥宮が口を開く。

『こちらからかけ直すので、一度切ります』

すみません、と言って電話が切れる。

もしかして、どこかに出かけていたのだろうか。そう思いながら、愛はスマホをテーブルに置く。

それをじっと見つつ、時々時計を見る。そして、またスマホを見た。

するといきなり着信音が鳴り出したので、びっくりする。急いでボタンを押して耳に当てた。

「はい」

『すみません。今日は、無理やり友人の誕生日パーティーに連れてこられていて。騒がしかったでしょう？　今、抜けてきました、みんな酔っぱらってたので』

苦笑まじりに言う奥宮の言葉を聞いて、愛も笑う。

「叫び声が聞こえました」

『あれは、三度目に愛さんと会った時に一緒にいた友人です。今日は彼女の誕生日で』

「楽しそうでした」

『酔っぱらうと絡むので、困ります』

「絡む？」

『ええ。シャツに赤い口紅をべったりつけられました』

ため息のような声が聞こえて、愛は瞬《まばた》きをする。

あの綺麗な人の口紅が奥宮のシャツについているのを想像した。そしてつけられている場面も。

「あの、せっかくの楽しい時間を邪魔してしまって、すみませんでした」

なぜか電話を切りたくなった。なんだか急に、不快な気分になったから。

『邪魔してくれて、礼を言いたいくらいです、帰りたかったので。あと、電話をくれたことも』

「……怒ってないんですか？」

『何をです？』

「トレジャーホテルで、はじめまして、って言ったこと」

『……少しだけ気持ちは落ちたけど、怒ってないですよ。あの時は、はじめましての方がよかったと思うから』

気にしないで、と言われて少しだけホッとする。

『愛さん、よかったら今度、一緒に食事でもどうですか？』

「ご飯、ですか？」

『そう、ご飯。愛さんの、お腹を満足させる自信はありますよ』

飲食関係の仕事をしている奥宮の言葉に、きっと嘘はないだろう。

愛は、少しだけ笑う。

「奥宮さん、美味《おい》しいところとか、いっぱい知ってそうです。自分のお店以外にも」

『知ってますよ。行きませんか？』

「……はい」

返事をしてしまってから、心の中でどうしようと思う。

『愛さんは、土日が休みですか？』

「そう、ですね」

『じゃあ、金曜日……明後日《あさって》ですが、どうですか？』

「大丈夫です」

内心の葛藤《かっとう》とは裏腹に、するりと返事をしてしまった。

食べ物の好き嫌いを聞かれて、無いと伝える。

『じゃあ、金曜日に……時間は、午後七時くらいでどうでしょう？』

「大丈夫です。待ち合わせはどうしますか？」

『愛さんは、通勤は電車ですか？』

「はい」

『じゃあ、会社の最寄りの駅の前で待っていてください。迎えに行きます』

「わかりました」

『……明日はお仕事ですよね？』

「はい」

『じゃあ、もう寝ないと。……おやすみなさい。また、金曜日に』

「えっと、はい、おやすみなさい」

愛はそう言って電話を切ると、大きく息を吐いた。

食事に誘われた。

いや、こうなるだろうことは少しは予想していたはず。でも、誘われた事実が、愛の胸をドキドキさせた。

男の人と、デートなんかしたことない。愛の経験など、学生時代、男女の友達と、ただ集団で飲みに行ったことがあるくらい。

「どうしよう、仕事帰りだから、えっと……」

あんまりオシャレして行ったら、仕事場で浮くかも……。そんなことを考えながら、じわじわと焦りが募《つの》る。

「ほんとに、どうしよう」

焦ったところで、状況が何か変わるわけでもなく。

いつも通り普通の恰好で行こうと思うが、今度は普通がわからなくなってきた。

ベッドに横になるが、奥宮の低い声を思い出して、なかなか眠れなかった。

5

金曜日。仕事を終えた愛は、会社の最寄りの駅に行って奥宮を待つ。

時刻は午後七時五分前。

そっと辺りに視線を巡《めぐ》らせると、駅のロータリーに白いメルセデスが停まった。

中から降りてきたのは、柔らかそうな濃い茶色の髪の毛をした、スラリと背の高い男性。

少し長い前髪を横に流し、そこから覗《のぞ》く緑にも見える綺麗な茶色の目が印象的だった。

彼は、すぐにこちらに気付いて笑みを浮かべる。

これまで四度会った奥宮は、常にスーツを着ていた。でも、今日の彼の恰好はとてもカジュアルだ。黒のアンクル丈のパンツに、青のストライプシャツ。

私服の彼は、スタイルの良さが際立つように思えた。本物のモデルのように足が長く、行きかう人々が振り返る。ちょっとカッコイイ人がいる、という声も遠くから聞こえた。

誰に笑みを向けているのか気になるのか、視線の先を探す人もいた。なんだか恥ずかしくなってしまうが、呼吸を整え、歩いてくる彼を見る。

「こんばんは、愛さん」

低くて甘い声。なんだか、名を呼ばれるとドキドキしてしまう。

「こ、こんばんは。あの、お店には、車で行くんですか？」

「そう、ちょっと駅から離れたところにあるので」

乗ってください、と言われて車に乗る。

シートベルトを締めると、静かに車が動き出してロータリーを抜け出す。

「どんなお店ですか？」

「友人の店で……というか、すごくお世話になった人の店なんです」

そう言って奥宮は車のハンドルを切って、大通りから逸《そ》れていく。少しずつ明かりが少なくなるのを見て、愛は運転席の彼を見る。

「あの、そのお店って、遠いんですか？」

「そうですね。ほんの少し」

奥宮はしばらく車を走らせ、民家の並ぶ路地へ入っていく。そして、そのうちの一つの家の前に停車した。敷地内の駐車スペースに車を入れて、エンジンを切る。

目的地まで車で十五分程度。遠くはないが、少しだけ距離があったようだ。

「ここですか？」

大きくて立派な家だった。建物も豪華だが、敷地も車があと二台は停められそうなくらい広い。ただ、レストランには見えなくて、愛は訝《いぶか》しげに聞いた。

「ええ。ほら、ここに小さく店の名前があるでしょう？　中はちゃんとレストランになっていますよ、予約が必要ですけど」

奥宮が指さしたのは、小さな木でできた表札のようなもの。そこには、外国語で何か書かれている。

「これ、なんて読むんですか？」

「フランス語で、『信じるものは食べられる』」

瞬《まばた》きをして思わず笑ってしまった。

「民家にしか見えないからですか？　レストランだと信じたら料理を食べることができるの？」

「そういうことです」

奥宮が店のドアを開けて、どうぞ、と中へ愛を促《うなが》す。

中は小さな部屋になっていて、奥にもう一つドアがあった。そこを開けると目の前に広い空間が現れる。

「シリル！　いらっしゃい、久しぶりすぎよ！」

出迎えてくれた綺麗な日本の女性が、笑顔で奥宮に抱きついた。

「お久し振りです、史子《ふみこ》さん。でも一ヶ月前にも来ましたよ」

「そうだった？」

「そうですよ」

シリル、というのは奥宮のことらしい。しばらく二人のやり取りを見ていると、奥からもう一人、男の人が現れた。大きな身体と明るい髪の色をした、やや小太りのその人は、奥宮を抱きしめ大きな手で頭を撫でる。そして愛を見て、にこりと笑った。

「綺麗な子だな。彼女か？　シリル」

「違うよ、アル。まだ、友達」

まだ友達、という言葉に愛の心臓がドキリと鳴った。

「こちらへどうぞ。すぐにお料理をお持ちしますわ」

史子と呼ばれた女の人が、にこりと笑って席へ案内してくれる。

別のドアを抜け、二人は個室に案内された。そこは、お店というより、普通の家みたいな雰囲気の部屋。そこに、オシャレなテーブルと、椅子がある。そして少し暗めの室内灯は、星の形をしていた。

「可愛いお店ですね」

愛が椅子に座って言うと、奥宮も対面の席に座って愛に言った。

「気に入っていただけました？」

「はい。最初はびっくりしたけど、内装もとても素敵です」

「きっとお腹も満足できますよ」

丁寧で、優しい口調。でも、年上の大人の男性から、こんな風に丁寧な言葉遣いをされるのは、なんとなく落ち着かなくて。

「あの、奥宮さんは、いつもそういう口調なんですか？　私の方が年下なのに、すごく丁寧……」

思い切って聞くと、緑茶色の目を瞬《またた》かせた奥宮が、そっと顔を伏せた。

「実は、結構、緊張していて……なんだろう、こうして自分が今、愛さんと向き合っているのが、不思議で。あなたから連絡が来ないので、もうダメかと思いながら諦めきれなくて」

小さく息を吐いて、愛を見る。

もう諦めているかも、と思っていたから、そうでなくてなんだか嬉しいと思ってしまう。この前失恋したばかりなのに現金すぎるかもしれないが、今は奥宮という人にドキドキしていた。

「ずっと、もう一度、愛さんと会って話がしたいと思っていたから、緊張してしまって……言葉が丁寧になっているのかも」

にこりと笑った顔は本当に魅力的だった。爽《さわ》やかでもあり、柔らかい雰囲気もあり、さらに色気もあった。

「……いつも緊張すると、こうなるんです」

何度も緊張していると言って、奥宮は恥ずかしそうに目を伏せる。その目を縁取る睫毛《まつげ》が長くて、室内灯の光に透けて、金色に光る。

本当に王子様みたいで、こっちこそ一緒にいるのが不思議なくらいだ。しかも、本物の王子様ではないが、大きな会社の社長であるし。

ふと、壱哉が言っていた、普通の人だと思うから特別に見ちゃダメだ、という言葉を思い出す。

そして、目の前の奥宮を見た愛の胸が、自然と高鳴った。

「……本当は、今日行くの、ちょっと迷ったんです」

今度は、愛が目を伏せた。

「これまで私、人から誘われたりしても、いつも断ってばかりだったんです。……だけど、このままじゃダメだと思って」

愛の言うことを、何も言わず黙って聞いてくれている。男の人と面と向かって食事をしたことがないのだから、こういう不器用なことを言っても許されるだろう。

奥宮も緊張すると言っていたのだから、お互い不器用ということで納めたいものだ。

「あの……奥宮さんって、おいくつですか？」

「今年、三十三になります」

結構離れていると思いつつ、その年齢で数多くの店を経営している彼に驚く。

「そんなに若いのに、取締役？」

「大変な時もあったけれど、運が良かったんだと思います」

そう言って微笑む奥宮に、運だけのはずはないな、と思って口を開いた。

「私に、丁寧な言葉遣いはしなくてもいいですよ。奥宮さんよりも九歳も年下ですから」

苦笑して、頷いた顔が魅力的だった。

「そうですね。じゃあ、遠慮なく」

奥宮がそう言うと、ノックをして、先ほどの女性が入ってくる。

料理とワインを載せたワゴンを押しながら来て、テーブルの上のグラスにワインを注《つ》ぎ、前菜の皿を置いて行く。

「ワイン飲むんですね……車は……？」

愛が帰りはどうするのだろうと心配をすると、彼はクスッと笑って答えた。

「帰りは代行を頼みます。僕だけ飲まないのはルール違反ですからね」

彼がグラスを持ち上げるので、愛もそうした。軽くグラスを合わせて、ワインを飲んだ。

「今日は、来てくれてよかった」

奥宮が愛を見て笑顔で言った。

「ありがとう」

彼の笑顔は目に毒だ。

この前まで、愛の心を占《し》めていたのは氷川だけだった。彼のことが好きで、彼が彼女とジュエリーショップに入っていくのを見ただけで涙を流した。

なのに……我ながらなんて現金なのだと思うほど、今、愛の心は奥宮に傾いている。

こんなのは気分が悪い。

けれど、その気分の悪さすら、奥宮を見ていると小さくなってくる。

なんとなく彼から明るい光が射しているような気さえしてきた。

『奥宮さんは、確かに容姿とか際立っているかもしれないけど、気さくな普通の人だと思うよ』

本当にそうだな、と思う。兄の言うことはいつも正しい。彼の言動は、普通の人のそれと変わらない。

「奥宮さんは、私のどこがよかったんですか？」

こんなに素敵な人が、自分の何を気に入ってくれたのだろう。そう思って愛が尋ねると、ワインを飲んでいた奥宮がむせた。すみません、と謝る彼を見つつ、次の言葉を待った。

「……最初は、本当に、なんていうか……」

言い淀《よど》む彼に首を傾げると、奥宮が苦笑する。

「なんだかわからないけれど、最初から愛さんには、なぜだか惹かれるものがあって。目で追ってしまうというか……でも、篠原支社長の妹さんだし、支社長の結婚式の二次会で、挨拶《あいさつ》以外の声をかけるのは躊躇《ためら》われて。でも、友人の結婚式の後、偶然あなたを見つけて、意を決して声をかけたんです。あの時は、本当にもう心臓が鳴りっぱなしで……」

「今も、ですか？」

「もちろん、今も。目の前にあなたがいることが、幸せで堪《たま》らない」

恥ずかしげもなくそんなことを言うから、本当に困る。

この部屋がもう少し明るかったら、愛の赤くなった顔が奥宮にもはっきり見えてしまっただろう。

優しく穏やかで、容姿も申し分なく、誰もが褒《ほ》めるような素晴らしい人。

そんな人が、愛に伝えた言葉は、明らかに好きだと言っているようだった。

たった数回会っただけなのに、彼に捕まえられてしまったような、愛の心。

本心なのか、と疑う気持ちもあるけれど、たぶん嘘は言っていないと感じる。

だから、余計にどうしよう、と思った。と同時に、どこか期待する気持ちもあって。

この人を好きになったらと考えて、すぐにまたそれを打ち消す。

落ち着かない気持ちでワインを飲みながら、愛は奥宮の笑顔を見た。

そして、こんなにも早く心が動く自分に驚くのだった。

☆　☆　☆

「奥宮さんは、公務員だったんですか？」

食事の最中に聞くと、ワインを飲んでいた奥宮が頷いた。

「ええ。この仕事を始める前、外交官として働いていました」

まだ丁寧な言葉遣いが抜けない奥宮がそう言って苦笑する。

「篠原支社長から聞きました？」

「はい。大学の後輩だったって」

お酒で気持ちが上がっているからか、普段なら聞きにくいことも聞いてしまう。

「なんで辞めたか、聞きたい？」

先回りして彼が言った。なので愛も素直に返事をする。

「はい。だって、外交官なんて、簡単になれる職業じゃないのに。それに、安定した職業を辞めるなんて、よっぽどです」

愛の言葉に苦笑した奥宮は、いきさつを話し始める。

「伯父がね、勝手に僕を連帯保証人にして、借金を残して逃げたんです。伯父が経営していたカフェバーが二店あったけど、店を売るにしても、従業員を解雇するにしても、借金が多すぎてどうにもならない状況でね」

思っていたより深刻な内容に、愛は言葉を失う。

「当時、僕はもう外交官として働いていたけど、伯父の弟である父と僕の貯金を合わせても、返済は難しかった。結局、弁護士と税理士に間に入ってもらって、借金の整理をしたんだけど……」

そこで笑みを浮かべて愛を見る。

「公務員を辞めたのは、国から支払われる退職金が欲しかったからです。でも、このことがなくても、そのうち辞めていたかな。エリート意識の強い職場で、付き合う人間を考えろとか嫌なことをずっと言われていたから……。いいタイミングだったと思います」

そう言って料理を口に運ぶ奥宮を見て、愛も料理を口に入れる。

「じゃあ、それからどうしたんですか？　どうやって、海里グループなんて……」

「退職金と父と僕の貯金を合わせて、どうにか借金を返すことができました。でも、本当に何も無くなってしまって……。伯父が残した店は債務整理で売らずに済んだから、とりあえず一店舗を手放して、残り一店舗を経営したのが始まりです」

そこからグループにまで成長させた手腕は、すごいと思う。普通だったら、途中で諦めてしまうのではないだろうか。

「逃げることは、考えなかったんですか？」

「もちろん考えました。もう、ずっとそのことばかり考えていて、実際に荷物をまとめたのも一度や二度じゃない。でも、それをしたら逃げた伯父と一緒だから。……それに、借金のことで僕を助けてくれた父のことを考えると、現実に向き合うしかなかったんです」

兄の壱哉が、奥宮のことをすごく褒《ほ》めていたのが、わかる気がする。

過去のことと、笑って話す奥宮だけど、並大抵の苦労じゃなかったはずだ。借金を背負わされるなんて、ゾッとする。

「父の仕事はテーラーなんだけど、顧客には企業の社長とか、飲食店の経営者とかが多くいてね。縁あって、そういう人たちから経営のノウハウを教えてもらったり、いろんな人を紹介してもらったりして、なんとか店を軌道に乗せられた。そんな風に、運と縁が重なって、二店舗、三店舗と店を拡大し、今の海里グループが出来上がったというわけです」

愛の知らない苦労をしてきた奥宮を、言葉もなく見つめる。そんな愛を見つめ返し、彼は笑顔で口を開いた。

「この店のオーナーのアルノーも、父の顧客の一人なんですよ」

ここに来る前、奥宮がすごくお世話になった人の店、と言っていたのを思い出す。

自分から聞きたいと言ったのに、なんと声をかけていいかわからなくなる。

「すみません。あまり、楽しい話じゃなかったですね」

そう言って苦笑する彼に、急いで首を横に振る。

「いえ、あの……私の方こそ、すみません。なんか聞いてしまって……」

奥宮にとっては、あまり思い出したくなかったことかもしれない。そう思って、気軽に知りたいなんて言ってしまった自分を後悔する。

しかし奥宮は、ただ優しい表情をした。

「全部、過去のことですよ。いずれ知るかもしれないし、気にしないでください」

なんでもないことみたいに、奥宮は王子様スマイルを浮かべる。

はっきりものを言う人だと今でも思うけど、主張しすぎたりはしないと言った壱哉の言葉にも頷ける。そして兄は、いい人だ、とも言った。

奥宮はずっと笑顔で、愛の言葉をきちんと聞いてくれている。自身の過去を話してくれたことも、誠実な感じがした。

そんな彼を見て、この人はやっぱりモテるのだろうな、と思った。

穏やかで優しい口調に、長身で、一目でハーフとわかる整った容姿。また外見通りの優しい人柄。愛には想像もできない苦労をしながら、それを感じさせない強さと前向きさを持った人。

「奥宮さん、モテるでしょ？」

モテないわけはないと思う。これだけの人が。

「自分で、そういうことは申告できないな。……でも、ここ一年半ほどは誰もいなかったので」

「ウソだ……付き合っている人がいなくても、絶対仲のいい人はいたんじゃないですか？」

酒が入っているからか、変なことを聞いたかも。そう思い至るまでに数十秒かかった。

「す、すみませんっ！　変なことを聞いて、ごめんなさい」

まだ会って数回の人に、またしても失礼なことを！　愛が慌てて謝ると、奥宮は苦笑した。

「いえ、いいですよ」

そうしてワインを一口飲んで、目を伏せてから愛を見る。

「そういう人も、いませんでしたよ」

「本当に？」

「本当に」

断言されるけど、やっぱり信じられない。自分でも疑いすぎだと思うが、世の中の女の人が、これほどの人を放っておくなんてあり得ないはずだから。

「それこそ、ウソっぽい。奥宮さん、すごくカッコイイのに。きっと、どんな女の人だって、奥宮さんを見たら絶対に目がいくと思うし、声をかけてきたりするんじゃないの？　話し方も丁寧だし」

我ながら何を言っているんだと言う感じだが、本当にそう思うのだ。

それこそ、この前まで氷川のことを考えていた愛が、何度も奥宮の笑顔を想像するほどには。

「ありがとう。なら、愛さんも僕に目がいく？」

聞き返されて、瞬《まばた》きをする。

誰だって、絶対に目がいく奥宮の容姿。

愛の自慢の兄たちと比べても遜色《そんしょく》がなく、それでいてまったく違う雰囲気の奥宮。

「……今は、いきますよ」

彼に心が傾いている自分を本当に現金だと思う。

「少しは、意識してもらえているようで、よかった」

そう言って微笑む顔は、どこか甘い雰囲気で。この人の笑顔は、優しい。

ドキドキする心臓を感じながら、愛はワインを飲む。

少し飲み過ぎたかもしれないと思いつつ、大きくため息をついた。

目の前に座る人は、綺麗な緑茶色の目に愛だけを映している。

もしこの人が、本当に愛だけだと言ってくれているなら――

それを考えるだけで心臓が高鳴る。今まで、家族以外でこんなに優しい目で、愛だけを見てくれる人はいなかった。だからこそどうしよう、と思う。

男の人と付き合ったことのない愛には、未知のことが多すぎる。

奥宮の優しくて綺麗な目に戸惑うのは、変化を予感して。

この人とのことを、きちんと考えなければいけない。

愛は、心の中で自分にそう言い聞かせるのだった。

6

パソコンに向かって仕事をしながら、何度もため息をつく。

季節はすでに十一月。寒くなって、そろそろコートが欲しくなる時期。

友人の結婚式に行ったのは、十月半ば。そこで出会った人は、兄の結婚式の二次会で少しだけ顔を合わせた人。その時点では誰だか覚えていなかった。しかし、何度か接点があって、食事に行ったのが三日前のことだ。

「愛ちゃん、そろそろ海里グループのオフィスに行く時間？」

衣通姫に声をかけられて、ハッと顔を上げる。どうやら手が止まっていたらしい。

「考え事？　愛ちゃん」

ふふ、と笑って上司は目の前に書類を置いた。

「海里グループの旅行者名簿。トラベルデスクは午前十一時からでしょ？　そろそろ出ないと間に合わないわよ」

「はい、ですね。……えっと、衣通姫さん。確認ですけど、トラベルデスクは午後六時まででしたよね？」

上司の神津衣通姫が頷いた。

「そう。午前十一時から午後六時まで。間に休憩を一時間取れるようにしてあるから、お弁当を持っていった方がいいわね。海里グループのビルは、三年前に建てられたばかりだから、綺麗よ」

衣通姫が、愛のランチボックスの入ったバッグを指さす。

「わかりました」

「で、どう思った？」

「はい？」

何が、と首を傾げると、衣通姫は焦《じ》れたように言った。

「奥宮さん、いい人でしょ？」

奥宮の名前に、無意識に愛の心が反応する。心臓が跳ね上がってしまった。

「そうですね。いい人で、イケメンでした」

わざと軽くそう言って愛が笑うと、でしょ？　と衣通姫が言った。

「奥宮さんの目、機会があったら近くで見てみるといいわ。私もついじっと見ちゃうんだけど、目にヒマワリが咲いてるみたいなんだよね。虹彩《こうさい》の形が花みたいで……金色っぽい緑色っていうのかな。とにかく、すごく綺麗よ」

衣通姫は、よく人を見ている。目にヒマワリが咲いている、という表現が衣通姫らしいと思った。

「よく見てますね……」

人の虹彩《こうさい》なんて、普通じっと見ない。でも、彼女の言う通り、奥宮の目は確かに綺麗だ。

「何度か仕事したことがあるし。あんなに綺麗な目だもん、自然と目がいくじゃない？　あんまりじっと見てたから、さすがに、どうしたんですか？　って言われたけどね」

衣通姫はその時を思い出すように、ふふっと笑った。

それから、気を付けて行ってらっしゃい、と言って彼女は自分のデスクに戻っていく。

愛はきっと衣通姫のように彼の目を真剣に見ることはできないだろう。

奥宮とじっと目を合わせたりしたら、今以上に囚《とら》われてしまいそうだ。

日本人にない目の色と、髪の色。奥宮は日本人だと言うけれど、あまりに綺麗すぎるから困る。

愛は気を取り直し、大きく深呼吸した。最近はずっと奥宮のことばかり考えてダメになっている気がする。

愛は書類を入れたバッグを肩にかけ、ランチボックスを持って席を立つ。

「海里グループのトラベルデスクに行ってきます」

そう言って、愛はホワイトボードに直帰と書いて、オフィスを出た。

「……まさか、あんな……王子様みたいな人とのこれからを考えるなんて、思わなかったな」

先週の金曜日、奥宮と食事に行った。後から知ったことだが、連れて行ってくれたお店は、一日にたった三組しか入れない隠れ家のような場所だった。料理は美味《おい》しいし、ワインも飲みやすかった。雰囲気がとても良くて、知る人ぞ知る店といった感じ。

たぶん、誰もが行けるような店ではない気がする。堅苦しさは感じなかったけれど、どこか特別な高級感があった。

奥宮とは、いろいろな話をした。楽しかった。

男の人とあんなに笑いながら話したのは、学生の時以来かもしれない。久しぶりに、気兼ねない時間を過ごせたように思う。

だがそこで、愛はため息をついた。

「奥宮さんは、どう、思ったかなー……」

『楽しかったです。また誘ってもいいですか？』

奥宮からは、その日のうちにメッセージが届いていた。家まで送ってもらった後、酔ってすぐに寝てしまった愛が、そのメッセージに気付いたのは翌朝だった。

けれど、楽しかった気分は、時間が経つにつれて、いろいろ聞きすぎてしまったという後悔に変わっていた。

「あー……、どうしよう」

自分で言ったことも、聞いたことも、全部が悪かったように思えてならない。それもあって、愛はまたもやメッセージに返信できずにいた。

奥宮にどんな顔をして会ったらいいのだろう。それを考えると、つい気が重くなる。

彼とのことをきちんと考えようと思ったのに、上手《うま》くいかない。

海里グループのビルのエントランスをくぐった愛は、大きく深呼吸をする。

奥宮の会社に来たのだが、いつまでも恋愛モードでいるわけにはいかない。愛はここに仕事をしに来たのだから。

ワインのあまりの美味《おい》しさに、いろいろ喋《しゃべ》ってしまったその後悔の気持ちを、仕事だから、と無理やり胸に押し込める。

インフォメーションカウンターに座っている女性に声をかけて、社名と用件を告げる。すぐにトラベルデスクを設置する部屋へ案内され、渡された社員証を首から下げるように言われた。

デスクに座ると、パソコンを起動させて、持ってきた名簿を出す。

ここでの愛の仕事は、社員旅行に行く予定の人たちへ順に電話をし、パスポートの確認と旅行の日程を伝えること。スケジュールには余裕があるので焦ることはないが、タイミングによっては続けてやって来るので、意外と忙しく時間が過ぎていった。

そうして、終了時間の午後六時近くになって、愛は腕時計を見る。連絡をした社員の中で、今日は都合のつかなかった人のリストを作成し、後は明日にしようと思った時だった。

「すみません、まだいいですか?」

「はい、どうぞ」

午後六時十分前。頭を下げてやって来たのは、スマートで爽《さわ》やかな印象の人だった。

「奥宮社長の秘書をしています、柘植《つげ》と言います。パスポートの確認と、あと奥宮社長の旅行日程の変更をお願いしたいのですが。可能ですか?」

「はい、可能です。……えっと、まずは柘植さんの予定は……年末から年始にかけて、十二月二十九日から一月四日までの旅程ですね。奥宮社長もその日程だったと思うんですが?」

旅程を変更したい、という要望は結構多い。

トレジャーホテルで会った時、奥宮は正月をハワイで過ごすと言っていたような気がするが。

「クリスマス時期に行くプランがありましたよね？　社長と自分の予定を、そちらのプランに変えていただけますか」

「それですと……十二月二十一日から二十七日までの旅程になりますが、そちらでよろしいですか？」

「ええ。変更できます？」

「はい、もちろんです」

もちろんです、と言って内心焦る。

一人暮らしの愛は、クリスマスを家族と過ごすこともなく、恋人と過ごす予定もない。

だから、クリスマスプランに同行することになっていた。基本は事務がメインの愛だが、今回は、ツアーに添乗員が付くこともなく、確認事も少ないフリープラン。トラブルの対応には万全の備えをするが、近場なら多少の観光も許されている。

奥宮は、このプランの同行者が愛だと知っていたのだろうか。

まさかね、と思いながらパソコンで、旅行日程を変更していく。

「そういえば、奥宮社長にまだご挨拶《あいさつ》をしていないのですが、今日はご不在ですか？」

「はい。一昨日《おととい》、急にフランスへ行くことになって。旅程の変更だけ頼まれました」

そうですか、と言葉を返しつつ、愛は少しだけがっかりする。

今朝は顔を合わせるのを気まずく思っていたのに、しばらくいないと聞くと落ち込んでしまう。

浮き沈みがあるのは、もう恋をしているせいなのだろうか。

パスポートを預かってコピーを取らせてもらい、日程表と共に返却した。

「ありがとうございました。それでは、旅行までまだしばらく間がありますので、ご不明な点がありましたらお問い合わせください」

「わかりました。……それにしても、社長の言った通り、美人ですね。エールトラベラーズには美人しかいないんですか？」

「いえ、そんな……」

にこりと爽《さわ》やかに笑うその人は、愛の目を真っ直ぐに見て言った。

愛が笑って言うと、柘植と名乗った彼も笑った。

「仕事が終わったら、食事でもどうですか？」

パチリと瞬《まばた》きをして、愛はにこりと営業スマイルを浮かべた。

「社長の秘書の、柘植さん、ですか？」

「ええ」

スマートで爽《さわ》やかな笑顔の、それなりにカッコイイ人だけど、彼の誘いに好ましさはなかった。

なんとなくだが、断った方がいいと思った。

「すみません。社に戻ってまだ仕事があるので。お気持ちだけで」

さらりと誘いを断りながら、ふと、これが奥宮だったらどうだろう、と思った。

彼の声を聞いた時、自然と胸がドキドキした。だからきっと、誘われたら食事に行くだろう。

けれど、目の前の彼には、まったく心が動かない。

「残念です。じゃあ機会があったら、また誘います」

愛は何も言わずに少しだけ笑って、立ち上がる彼に小さく会釈《えしゃく》をする。

誰もいなくなった部屋で、愛は大きなため息をついて腕時計を見る。時刻はすでに午後六時を過ぎていた。

「奥宮さん、日本にいないのか……」

そう呟いて、パソコンを終了させる。

愛は勝手に、今日は初日だから、会いに来るかもしれないと思っていた。

いろいろ聞きすぎたことも謝りたかったのに、と奥宮の顔を思い浮かべる。

気付けば、奥宮のことばかり考えている自分を自覚して、小さく熱いため息。

「私ってば本当に現金すぎる。この前まで、氷川さんのことが好きだったのに……今は奥宮さんのことばっかり」

もう一度ため息をついて、パソコンを片付けた。

手早く書類をまとめて、立ち上がる。

なぜか無性に、奥宮の声が聞きたかった。

もし今、彼から電話が来たら、友達からでいいと言われたあの時の返事をするのに、と思いながら。

7

海里グループのトラベルデスクへ出向した初日。そこの社員から誘いを受けたり、奥宮には会えなかったりしたけれど、なんとか無事に終わることができた。

けれどその日は、ホッとできない日だったらしい。

『愛、比奈たち半年くらいアメリカに行くって聞いたか？』

突然、スマホにかかってきた三番目の兄、健三の電話に、愛は動揺する。

「そっ、そんなの聞いてないよ健兄っ！　比奈ちゃんに電話するから、じゃあね！」

『おいおい！　ちょっとま……』

電話口で兄が何か言うのにも構わず電話を切り、すぐに比奈へ電話をかけた。

数回のコールで可愛い声をした比奈がもしもし、と言って電話に出た。

「比奈ちゃん！　アメリカ行っちゃうって本当⁉」

単刀直入に聞くと、比奈はしばらく沈黙した後、答えてくれた。

『……うん。壱哉さんと離れることは、もうしたくないし、仕事を辞めてついて行くことにしたの……』

「そんなー！」

一番上の兄、壱哉の妻の比奈は、愛の憧れのお姉さんだ。初めて会った時から可愛くて、大好きだった。猫のような大きくて綺麗な目も、色白で華奢《きゃしゃ》な身体も、可愛い笑顔も。本当に大好きで、兄と結婚してくれたことも嬉しかった。

「壱兄も比奈ちゃんもいなくなったら、私、美味《おい》しいご飯も食べられないし、それにそれに……！」

『愛ちゃん？』

「それに、いろいろ話したいこと、話せなくなっちゃう！」

大好きな比奈。いつも仕事のこととか、恋愛のこととか話していて、比奈はただ黙って聞いてくれるだけだけど、それがとても心地よかった。

年の離れた壱哉は、いつも愛を可愛がってくれた。アドバイスをくれたり、いろんなことを教えてくれたり。愛にとっては兄であり、父親代わりでもある頼れる相手なのだ。

つまり愛は、二人が大好きで。

そんな二人が、半年も傍からいなくなるなんて、愛にとっては一大事。

『ちゃんと帰ってくるから。ずっとアメリカにいるわけじゃないよ？』

「それは、わかってるけど！　でもっ……！」

子供じゃないんだから、わがままを言っても仕方ないとわかっている。

でも、壱哉に聞きたいことがあった。

今気になっている人を、正しく理解しているのは壱哉だと思うから。

比奈にも話を聞いてほしかった。

愛が感じている戸惑いとか、現金なくらいの気持ちの変化をどう思うか、とか。

「会う暇って、ないよね？」

『ごめんね。急なことで、急いで荷物をまとめなきゃならなくて……』

愛はちょっとだけ泣きそうだった。

壱哉の仕事が、かなり忙しいのは知っている。けれど、兄の勧める日本アースリーを少し恨《うら》みたくなった。

心の中で、何度も日本アースリーに悪態をつきながら、比奈と話す。

比奈の声は相変わらず可愛くて、声を聞いているだけで癒《い》やされた。

けれどこれからしばらくは、この癒《い》やしもなくなってしまうのだと、自覚せざるを得なかった。

☆　☆　☆

風呂に入った後も、兄夫婦のアメリカ行きのことでしばらく放心していた。

喉の渇きを覚えて、冷蔵庫にペットボトルを取りに行く。冷たい水を一口飲んで、テーブルの前に戻るとスマホが着信を告げる。

手に取って相手を確認すると、表示されている名前に少しだけ動揺した。

本当に今日はいろいろある日だ。愛は深呼吸して、スマホの応答ボタンをタップする。

「はい、愛です。……奥宮さん？」

普通、もしもし、って言うだろ！　といきなり名乗った自分を心の中で叱咤《しった》する。

奥宮は微かに笑って、声を出した。

『こんばんは、愛さん。今、大丈夫ですか……そっちは夜でしょう？　実は急に、フランスに行くことになって』

「今日、秘書さんに聞きました。……旅行の日程は、変更しておきましたよ」

『ありがとう。手間を取らせてすみません』

「あ……いえ！　大丈夫です！」

愛がクリスマスプランの同行者だということを、どうやら奥宮は知らないっぽい。そんなことを考えながら、愛は話を続けた。

「どうして急にフランスへ？」

『いつも頼んでいるワインが急に手に入らなくなって、別の場所から新しくワインを輸入することになったんです。品質を直接確認する必要があったので、急遽《きゅうきょ》、僕もソムリエと一緒に買い付けに』

「そうなんですね。大変ですか？」

『いえ、それほどでも。もう、明日には日本へ帰るので』

「ハードですね」

『はは……でも、たまにはこういうこともしないと。いつも、デスクでゴーサインを出しているだけだから。外に出るのを楽しく思う時もあって』

「楽しい？」

『僕がすることと言えば、契約書にサインをしたりとか、どこそこの会社のトップに挨拶《あいさつ》に行ったりとか、そういったことが多くて。たまに空間プロデュースの仕事をすることもあるけど、それも数は多くないから』

穏やかに話す奥宮の声は、あまり楽しそうではなかった。

「奥宮さんには、私には想像もつかないような苦労があるんですね」

『……でも僕は、父のおかげもあって恵まれていたし、まったくお金のない時期も、周りから随分助けてもらったから。感謝こそあれ……苦労とは思ってなくて』

前向きな考え。会社を興《おこ》す人はみんなそうなのだろうか。

愛の勤めるエールトラベラーズの社長・村岡《むらおか》も、いつも前向きで明るい人だ。奥宮にも彼と同じ印象を持つ。常に相手に対する感謝とかプラスの言葉を口にしていて、ポジティブだと思う。

兄の壱哉もそうだった。どんなに忙しくても、愚痴《ぐち》を言わない。愛の相談にも、的確で前向きな言葉をくれる。そういう人が、やっぱり上に立つのだろうか。

「ポジティブですね」

『楽観的すぎるとも言われるけど』

苦笑した風な奥宮の声に、愛も笑った。さっきまで落ち込んでいたのに、奥宮と話していると、こちらまで前向きな気持ちになってくるから不思議だ。

『そういえば、篠原副社長は、しばらくアメリカへ行くと聞いたけど』

その言葉にちょっとだけ引っかかりを覚えて、愛は首を傾げる。

「副社長？　兄は支社長ですよ？」

『あれ、知らない？　先日、日本の支社長と兼任で、本社の副社長に就任したんだけど。それもあって、しばらくアメリカで仕事をすることになった、と聞いたよ』

「えっ⁉　そんな話、私、聞いてない！」

思わず電話口で奥宮に大声を出してしまったが、そんなことに構っていられなかった。

「だから比奈ちゃんも、ついて行くって……！　えー、なんでさっき、何も言ってくれなかったの？」

『比奈ちゃんっていうのは、篠原さんの奥さんのこと？』

「そうです。……比奈ちゃん……えっと、兄の奥さん、そういうことくらいちょっと教えてくればいいのに」

壱兄出世したんだ、と思いながら、何も知らなかった自分に落ち込む。愛が文句を言うのもなんだけど、知っておきたかったから、ちょっとだけ拗《す》ねる。

『愛さんは、本当に篠原さんのことが好きなんだね』

「……好きですよ。大切なお兄ちゃんと、憧れのお姉さんだから。二人が結婚してくれて、本当に嬉しかったんです。ずっと見てきたから、私、結婚式の時、泣きましたもん」

お互いに特別に思い合っている雰囲気は、ずっと前からあった。

もともと顔見知りだった二人は、愛が大学生の時に付き合い始めた。すごく幸せそうだったけれど、壱哉がアメリカへ転勤する時に別れてしまった。そして壱哉は、アメリカで他の人と結婚した。だけど一年ほどして離婚した時、やっぱり壱兄には比奈ちゃんしかいないんだよ、と心の中で思っていた。

『そうなんだ。じゃあ、今は本当に幸せだろうね』

「うらやましいくらい幸せそうですよ。いつか私も、ああいう結婚ができたらいいなぁ、って思うくらい」

そこで愛は、さっきから自分のことばかり喋《しゃべ》っていることに気付いて、言葉を止めた。

「すみません、私ばっかり話してますね」

『いや、いいけど……愛さんはなんだか本当に可愛いね。若さもあるんだろうけど』

電話口で笑う声を聞いて、愛の頬が少し赤くなる。

「子供っぽいですか？」

愛が言うと、奥宮は少しだけ間をおいて口を開いた。

『そういうところも含めて、すごくいいと思う』

言われた言葉に、さらに愛の顔が熱くなる。そういうことを、臆面もなく言える人なんて、そうそういないと思う。

「奥宮さん、台詞《せりふ》がいちいちキザですよ」

『素直に、愛さんを口説《くど》いているだけだけど、ダメかな？』

ダメじゃないから困るんです。心の中でそう言って、愛は目を伏せる。

この前まで、別の相手に恋をしていたのに、どんどん彼に心が傾いていくなんて。それは正しいことなのだろうか。

はぐらかすつもりはなかったけれど、熱くなった顔を冷ましたくて話題を変える。

「わ、私、海里グループの社員旅行、クリスマスプランに同行するんです」

『そうなんだ……父を連れて行くんだけど、愛さんと話せる時間あるかな』

ため息まじりにそう言って、奥宮が微かに笑う。

『実は、父の希望で日程を変更したんだ……ハワイのクリスマスを見たいらしくてね。それに、僕も正月に用事が入ってしまったから』

「……そう、なんですね」

なんだ、と思った自分に驚いて、愛は慌てて首を振る。

『愛さん、日本へ帰ったら、また食事に行きませんか？』

丁寧な言葉遣いに戻っている奥宮に、緊張しているのかな、と思う。もしそうなら、それは愛のせいだと思いたい。

「はい、また誘ってください」

するりと言葉が出てきた。こんなにもすぐ、彼に惹かれている自分を現金すぎると思うけれど、気持ちばかりはどうしようもない。

奥宮の声も笑顔も、接する距離も心地よくて。

つまり、何もかもが好ましい。

『愛さん、あの……期待してもいいですか？』

「はい？」

『僕と付き合ってくれることを、期待してもいいですか？』

どう返事をすればいいのだろう。少し迷いながら、愛は大きく息を吐く。

「この前、失恋したばっかりで、なんか……自分でも現金だって思うんです」

こんなにも素直に、自分の気持ちを言える人はいないだろう。そう思って、もう一度大きく息を吐いた。

「私は、今まで恋なんてほとんどしたことないし、だから、前の恋をすごく引きずると思ってました。……でも、全然、引きずってないんです。それは、奥宮さんがいたからだと思います」

まだ出会って数回なのに。

話だって、そんなにしていないのに。

氷川のことは、ただ見ているだけでよかった。彼が好きだという気持ちで胸がいっぱいだったから。

でも、奥宮はなんだか違う。心が彼に引き寄せられていく感じ。

前の恋と違って声が聞きたくなったり、笑顔が見たいと思ってしまう。会いたい、話したいと考えてしまう。

「期待してくれたら、私も嬉しいです」

こんなことを言ってしまって、大丈夫だろうか私は、と心の中で呟いた。

『もう、氷川さんの名前は出さないで。そう言ってくれるなら、これからは僕を見て』

いつもの奥宮とは違う強い口調に、愛は瞬《まばた》きをした。

でも、心の中では彼の言葉に納得して。

「見ます、ちゃんと。……本当は今日、奥宮さんが来てくれるかもしれないって、心のどこかで思ってたんです」

『すみません。本当は、メールをしようと思ったんだけど……』

どこまで許されるかわからなくて……そう言って苦笑した。

こんなにすごい人が愛に対してそんなことを言うから、それだけでドキドキして。

『もう、一時間経ったけど、明日は仕事でしょ？』

「はい」

『日本は十時を過ぎた頃だね。愛さんの仕事に支障が出るといけないから、切るよ。また帰ってきてから話そう』

「そうですね」

『おやすみ、愛さん』

「はい、おやすみなさい」

電話を切って、スマホを握りしめる。

そして、自分の言った言葉を思い出して赤くなった。

「こんなに展開が早くていいの？　それともみんなこんなもん？」

ベッドにスマホを投げて、枕に突っ伏す。顔が熱くなっているのを感じながら大きく息を吐いた。

「次に会う時どんな顔をすればいいいんだろ？　困るよ……」

彼と会ったのはまだ数回。

どうしよう、どうしよう……そればかり何度も呟いてしまう。

頭の中が奥宮のことでいっぱいになって、あんなに落ち込んでいたのに、壱哉たちがアメリカへ行ってしまうことをすっかり忘れてしまっていた。

ああどうしよう。

愛は心の中で、その言葉を繰り返す。

彼と次に会う日を、心待ちにしながら。

8

次の日も同じように海里グループのトラベルデスクに行く。午前中から、十数人の社員がパスポートを提出しに来た。しかし、仕事をしながらも、ふと気付くと明日には帰ると言った人のことを考えている。

愛はこれまで、男の人と付き合ったことはない。ただ一方的に好きだった人や、好きだと言われたことはある。でも、付き合う気にはなれなかった。

なのに、あの人に対しては、その気になれないどころか、なぜか初めから心を許していたような気がする。今までなら、あんな風にあからさまな好意を向けられたりしたら、逃げ出していたのに。

愛はキーボードを打つ手を止めて、ため息をついた。

そうこうする間に、終了時間の午後六時が近づき、愛は書類を整理し始める。

あの人が日本に着くのは明日になるだろう……

彼のことを思って、愛が小さくため息をついた時だった。

「こんにちは、篠原さん」

あ、と思って頭を下げる。昨日来た社長秘書の柘植だった。

笑顔だけ向けて、今日はなんの用だろうと思う。

「改めてご挨拶《あいさつ》を、と思って。奥宮楓代表取締役社長の秘書をしています、柘植優喜《ゆうき》です」

名刺を出されたので、愛も慌てて立ち上がり自分のバッグから名刺入れを取り出す。

「エールトラベラーズの、篠原愛です。しばらくの間ですけど、よろしくお願いします」

座ってもいいですか？　と言われたので頷いた。愛も座って正面の柘植を見る。

「昨日は、いきなり誘ってすみませんでした」

「いえ」

「誤解のないように言っておきますが、別にあなたに気があるわけじゃないんですよ。俺はもうすぐ結婚するんで」

瞬《まばた》きをして、柘植を見る。

結婚を控えているのに、別の独身女性を誘うって、どういう魂胆《こんたん》なのだろう。

話したのは昨日と今日の二回だが、なぜかこの人は嫌いだと思った。なんだか愛を見定めているような、そんな感じもする。

「奥宮の好きな人って、篠原さんでしょう？　篠原さんも奥宮のことが好きなんですか？」

いきなりプライベートなことを聞かれて、内心焦る。どう答えたらいいのか、思考を巡《めぐ》らせながら大きく深呼吸をする。

「奥宮さん……いえ、奥宮社長とプライベートで交流があるのは確かですけど……その、えっと……」

この場合、どう答えるのが正解なのだろう。

この人は奥宮の秘書だ。余計なことを言って、彼に迷惑をかけるわけにはいかない。

「奥宮社長に、聞いてください。私からはお答えできかねます」

少し俯《うつむ》いてそう言うと、柘植が微かに笑った。

「控え目で、無難な答えですね。結構です。さすが篠原副社長の妹、と言うべきかな」

驚いた顔をする愛に、柘植の笑みが深まる。

「奥宮は、あの容姿でしょう？　よく勘違いした女性がついてくるんですよ。完璧なルックスで、女性に優しいから、実際モテるんですよね。あの綺麗な目で見つめられると、誰でもそんな気になるのかもしれませんが」

愛は眉をひそめて、柘植を見つめる。

「何を、おっしゃりたいんでしょうか？」

「いえ、お兄さんの篠原副社長は大変素晴らしい人ですからね。あんな方が身近にいたら、大変じゃないですか？　男性選び」

言われたことを理解した瞬間、怒りで顔が熱くなる。

兄の壱哉は素敵だし、ずっと兄を見てきた愛の理想が高くなったのも確かだ。けれど、柘植の言葉には、はっきりと悪意があった。

愛は、湧き上がる怒りを抑えるために、大きく息を吸う。

「私は奥宮社長を、そういう視点で見たことはありません」

「じゃあ、どういう視点で見てますか？　俺は奥宮の大学時代からの友達です。だから、奥宮の容姿や立場だけ見て寄ってくる女を、たくさん見てきたんですよ。奥宮は、あなたのお兄さんにも引けを取らないでしょ？　篠原さんにとっては、理想的な相手なんじゃないですか？」

お前もどうせ、奥宮を顔と金だけで見てるんだろう、と暗に言われている気がした。

いや、気がするではなく、そう言われたのだろう。

「会って間もないあなたに、そんなことを言われる筋合いはありません」

「そうですね。失言でした。よければ忘れてください。ただ……あなたがうちのトラベルデスクに来ると知った奥宮が、俺に言ったんですよ。若くて綺麗で可愛い人だ、と。それでピンときました、奥宮があなたに好意を持っているって。ああ見えて、奥宮は意味もなく女性を褒《ほ》めることは、あまりないのでね」

そうして柘植は、微かに笑って愛を見る。

「あなた自身は普通のＯＬだけど、その兄は世界のアースリーのナンバーツー。きっと男の理想も高いだろうと、勝手に推測しまして」

みんなに言われるくらいだから、それは否定しないけれど、でも……

「秘書って、そういう……社長のプライベートの調査までするんですか？」

「海里グループは、これからもっと大きく躍進するでしょう。奥宮が空間プロデュースをした店のほとんどが、今や有名店となっています。それに、日本アースリーと提携したカトラリーブランドのベレニスは、今後世界中に広がるアースリーの支社とも提携することが決定しました」

兄の会社は世界中に支社がある世界屈指の大企業だ。その全てで海里グループのブランドを採用するとなれば、海里グループ自体も世界に通じる会社ということになる。

「そういう会社の、代表取締役が奥宮です。だから、変な女に引っ掛かってほしくないんですよ」

柘植の言っていることは愛にも理解できる。

だからって、愛がこの人からこんなことを言われる必要があるだろうか？

いいや、絶対にない。それに、気持ちなんて人に言われたからって、簡単にどうにかできるものじゃないはずだ。

「そんなこと、私には関係ないです。大きな会社の社長だとか、才能があるとか、仕事ができるとか。……私の兄も本当にすごくて素敵な人ですが、プライベートでは普通の優しい兄です。……人の肩書きとか名声とか、容姿とかって、当たり前のように目がいくところだけど、本質は違うでしょう？」

自分でも、何を言いたいのかわからなくなってきたが、言葉を止めることなんてできなかった。

「柘植さんは、奥宮さんのことをよく知っているんでしょうね。けど、さっきからあの人の上辺《うわべ》のことしか言ってない。それなのに、勝手に私のことを変な女扱いして、すごく失礼です。そういう人、嫌いです」

一気に言って、愛は大きく息をついた。そしてすぐに、頭を抱えたくなる。

ああ、やってしまった！

まだあと一ヶ月くらいここに通うのに、海里グループの社長秘書に、食ってかかってしまった。

「奥宮を、どう思っているんですか？」

再び同じ質問を投げかけられた愛は、そこで初めて、熱くなっていたのは自分だけだと気付く。

柘植は冷静に愛の反応を窺《うかが》っていた。それを見た瞬間、愛の肩から力が抜ける。

「すごくいい人。優しくて、前向きで……とにかく、尊敬できるいい人です」

「はは、まだいい人止まりか。可哀そうに、楓」

「へ？」

「もっとないの？　カッコイイとか、素敵とか、好きだとか」

ガラッと口調を変えた柘植は、先ほどまでとは違う笑みを浮かべて、愛を見てくる。

「篠原さんが変な女じゃなくてよかった。篠原副社長の妹さんだから、そんなはずないと思っていたけど、念のためにね。それにしても、楓はもっと頑張らないとダメそうだ。君の中じゃ、あれ、まだ男じゃないでしょ？」

楓、と親しげに呼ぶ様子に、奥宮との仲の良さを感じる。

男じゃないでしょ、と言われて愛は顔が熱くなった。

「そ、そんなことないです。昨日、ちゃんと付き合うような、返事をっ……いや！　あの！」

何を言ってるんだ、と愛は顔を俯《うつむ》けて両手で頭を抱えた。

「そうですか、安心しました。あなたの中でちゃんと男ならいいですよ」

にこりと笑った顔は先ほどまでとまったく違う。

「楓をよろしく。明日には帰って来てると思うので、デートに誘われてやってください」

立ち上がった柘植は、愛に深く頭を下げた。

「いろいろと失礼なことを言って申し訳ありませんでした。今後とも、よろしくお願いします」

頭を上げるとすっかり秘書の顔に戻っていた。

慌てて愛も席を立ち、柘植に向かってぺこりと頭を下げる。

「こちらこそ、よろしくお願いします」

愛がそう言うと、笑い声が聞こえた。そして彼は、颯爽《さっそう》と部屋を後にした。

「な、んか、拍子《ひょうし》抜けって言うか……」

最初はえらく攻撃的なことを言われたのに、なぜか後半は普通に話してしまった。

だけど、ぶつけられた言葉が、心に残らないわけはなく。

愛の中で、好きではない人に分類された柘植。

奥宮の秘書だからこそ、いろいろと考えることがあるのだろうけど……

「私は嫌いだな」

そうして愛は、デスクの上を片付ける。

ため息をついて、でもどこか心が熱いのはきっと奥宮のせいだ。

『僕と付き合ってくれることを、期待してもいいですか？』

奥宮の低くて甘い声が耳に蘇《よみがえ》ってくるようだった。

愛は首を横に振って、大きく息を吐く。

「でも、付き合うって、どうするんだろう……え、っち、とか？」

自分で言った瞬間、ワーッと心の中で叫ぶ。

インフォメーションカウンターで社員証を渡してから、足早に海里グループを出た。そして、咄《とっ》嗟《さ》に思い浮かべるのは友人の美晴と、兄の妻である比奈の顔。

「ひ、比奈ちゃんは……忙しいんだっけ。美晴、美晴にしよう！　あー、また厳しいこと言われそう」

こんなこと今までなかった。

だって、人を好きになる延長上の何かなんて、考えたことなかったから。

「でも、何を相談すれば……あー、もうっ」

思わず独り言を言うと、すれ違う人が愛を変な目で見てきた。

奥宮と出会ってから、こんなことばかりだ。

愛は熱くなった顔を俯《うつむ》けた。

☆　☆　☆

「なんか最近、あんたのコイバナばっかり聞いてる気がする」

金曜日の夕方。

久しぶりに会う一番仲のいい友人に、ムスッとした顔で言われて、愛はシュンとした。

あれこれ話したたし、以前の恋のことも聞いてもらっていたから、きっと呆れているのだろう。

奥宮の秘書である柘植にいろいろ言われた次の日。

奥宮から帰国したというメールと一緒に、食事に誘われた。そして、金曜日に会う約束をした愛は、すぐさま美晴へ会いたいと連絡したのだ。

「愛さぁ、この後デートなんでしょ？　なんで直前に私と会うかな？」

「……だって、美晴がこの日しか暇じゃないって言ったんじゃん」

「そうだけど……はぁ、待ち合わせは何時？」

「七時……あと三十分後」

「で、何を話したいって？　愛のことだから、イケメンなんでしょ？　相手」

疑問形なのに、決定事項みたいに言われる。

「……なんでそう思うの？」

「だって、愛ってメンクイじゃん。でも、前に愛がイイなぁ、って言った人は、眼鏡のダサい男だったけど」

「もう、いつの話よ。それに、あの人は優しかったし……」

「ほんと、眼鏡好きだよね、愛は。失恋した相手も眼鏡君だよね？」

言い返せずにいる愛を、美晴が鼻で笑う。

「お兄ちゃんが眼鏡美形男子だもんねー。このブラコン！」

そう言って額《ひたい》を小突かれる。

「今度の人は、眼鏡じゃないもん」

「へー、少なくとも眼鏡コンプレックスから脱したわけか」

「美晴、いつも厳しいよ」

でも美晴は、愛が失恋したと告げた時、きっといい人が見つかるから、と言って優しく慰《なぐさ》めてくれた。

「まぁ、よかったじゃん、いい人なんでしょ？」

「うん」

「何してる人？」

「……海里グループの、代表取締役」

そう言うと、美晴が噴き出しそうになった。

「……愛って、大物ばっかかね。っていうか、そこ私と一緒に就職落ちたじゃん」

愛が頷くと、ため息をつかれる。

そして、どんな人？　と聞かれた。

「三十三歳の、外国人みたいな人。でも名前は奥宮楓、っていうんだ」

「どんなタイプ？」

「……王子様系、かな」

ふーんと言って、美晴が愛を見た。

「それで、付き合うの？」

「……うん、そんな風に言った、と思う。でも、なんか初めてで、どうしたらいいいんだろう……やっぱり、キスとか、するのかな？」

「するでしょ。何言ってんの？」

頭の中がワーッとなって、愛はテーブルに顔を伏せる。

「ねぇ、愛、どこで待ち合わせしてんの？」

「すぐそこ。映画館の前」

「ああ、だから今日はアン・カフェにしたの？　彼のお店ねぇ。……っていうか、ここから待ち合わせの場所見えるじゃん」

奥宮がどんな顔で待っているのか、ちょっと見たかったのもある。それに、付き合う前に、美晴にも彼を見てもらおうと思ったから。なんとなく美晴に見せたかったのだ。

「……愛、本当に大丈夫？　付き合うってことはキスもするし、エッチもするんだよ？　ちゃんとわかって付き合うって言ってるんだよね？」

心配そうに美晴が聞いてくるから、愛はなんとも情けない顔をしてしまう。

「うー、今は深く考えたくないかも」

「相手のこと、ちゃんと好きなの？」

自分がかなり奥手だというのはわかっている。けれど、奥宮の顔を思い浮かべるだけで、心が温かくなるのだ。これが恋じゃなかったら、自分には一生恋などわからない。

「なんか、すごくいい人なの。いつも笑顔で、前向きで。なのに、緊張すると言葉遣いが丁寧になって、私にも敬語を使うんだよ？　それに、すごく優しい」

「そっか……」

「うん。いつもドキドキする。奥宮さんには、なんでも話せるし、気が付くとあの人のことばかり考えてるっていうか……」

「それ……もう、好きって認めれば？」

美晴がため息をついて、ホットチョコレートを飲む。上にホイップが絞ってあるホットチョコレートはアン・カフェの定番メニューで、あまり甘すぎなくてすごく美味《おい》しい。

「やっぱりそうなのかな。短期間でこんなに気持ちって、盛り上がるもの？」

「盛り上がるよ。私も今の彼とはそうだったし。でも前の彼より、今の彼の方が良かったかな。初めから感じたもん。好きだなぁ、って」

美晴が愛を見てにこりと笑う。

「まぁ、愛にとっては未知の世界だろうけど、大丈夫だよ。九歳も離れてれば、きっとエッチもキスも上手《うま》いって。それにイイ男だったら、そのくらいのスキルは持ってるはず」

ホットチョコレートを飲みながら、さくさくとリアルなことを言う美晴に、愛の顔が熱くなった。

「もう……美晴はなんでそんな話に持っていくの？」

やめてほしい、と暗に言うと、なんで、と心底呆れたように笑われる。

「付き合う延長って、つまりそういうことじゃないの？　王子様系イイ男、背も高くて収入も高い。そんな彼が童貞なんてあり得ないでしょ。あ……ねぇ、あれ？　奥宮さんって？」

美晴が、身を乗り出して窓を指差す。

その先に、背の高い王子様系イイ男が歩いていた。距離があるから印象的な目の色は見えないけれど、濃い茶色の髪の毛と姿勢のいい立ち姿は、間違いなく奥宮だった。

「うっわー……、ほんとカッコイイ人だね。高そうなスーツ……西洋と東洋がほどよくブレンドされたって感じ？　確かに……愛のお兄さんとタメ張れるわ」

そう言いながら、美晴が愛をじっと見て笑う。

「やっぱり理想高かったんだねー、愛」

奥宮を見れば、そう思われても仕方ないと思うけど。あれだけの王子様ルックスはそうそういないのだから。

愛を見ながらニヤニヤと美晴が意味深に笑うので、瞬《まばた》きをする。

「なに？」

「愛の初めて、痛いの決定だわ」

「なっ、何それ！　意味わかんないし！」

「意味わかんないって何よ？　奥宮さん、どう見てもハーフだから、アレ大きそうじゃん……って、あれー？　顔赤いよ、愛？」

「うるさい！　下世話だよ、美晴！」

アレってなんだよ、と心の中で文句を言いながらも、いらぬ妄想が駆け巡《めぐ》ってしまって。

「愛？　王子様待ってるよ？　行かないの？」

ずっとニヤニヤしている美晴を見て、うー、と唸《うな》る。

「これから会うのに、変なこと想像させないでよ」

「変なこと？　愛はお子ちゃまだなぁ。好きで付き合う相手とは、当然そうなるに決まってんでしょ。イイよー？　好きな人との愛の営みは」

ふふ、と笑う美晴の言葉に、顔が熱くなる。

「もう、やめてよ、美晴！」

「はいはい、いいから行っといで」

手をひらひらと振られて、唇を尖らせる。

「今日は、ありがと」

「どういたしまして。またデートの感想でも聞かせてよ」

早く行ったら、と言われて愛は席を立つ。

カフェを出て、愛を待っている奥宮を見た。

時計を見ながら周囲に視線を巡《めぐ》らせている奥宮に、ゆっくりと近づく。

愛を見つけて笑みを浮かべた奥宮は、本当にカッコよくて素敵だった。前は気付かなかったけれど、肩幅とか腰のラインとか、スタイルがいいのがよくわかる。

それだけ彼のことをまだきちんと見ていなかったのか、恋愛フィルターがかかって特に良いところが目に付くのか。

「久し振り、愛さん」

「お久しぶりです……待ちましたか？」

「いや、まったく。それにまだ、待ち合わせの五分前だよ」

時計を見る仕草が、すごくカッコよく見える。この前まではそうでもなかったのに、愛の目はどうしてしまったのだろうか。

「きょ、今日は、どこに行くんですか？」

内心の動揺を押し隠し、声をかける。

「今日も知り合いの店で、創作料理の店なんだけど……」

その時、ピピッ、と音が聞こえて、奥宮がコートのポケットを探る。取り出したのは二つのスマホ。聞こえた音は、彼のスマホの着信音だったらしい。

鳴り続けるスマホを見ていた奥宮は、大きくため息をついて愛を見る。

「仕事用の携帯なので、出てもいいかな？」

「はい」

ありがとうと言って、奥宮が画面をタップする。スマホを耳に当て、一呼吸置いてから口を開いた。

「はい、楓です」

仕事用の電話に、名字ではなく名前で出たのを不思議に思う。

「お久しぶりです。……はい、はい……いや、あの、困ります……いや、というか……」

愛をちらりと見て、小さくため息をついた。

「これから約束があって、今日は勘弁してください」

相手の話が続いているのか、奥宮は軽く目を閉じて、もう一度ため息をついた。

「そういう下世話なことはいいので……どうして仕事用にかけるんですか？　は？　確かに仕事ですけど……いや、オーナーとしての役割を放棄しているわけではなくて……だから、困りますって！」

もう一度愛を見て、困り顔ですみません、と口だけを動かして言った。

「だから、芦屋《あしや》さん……手伝いは無理です。ええ……確かに仕事ですけど、今日は……もしもしっ？　ちょっと！」

一方的に切れてしまったらしいスマホを見た彼は、はー、とため息をついて頭を抱える。

「どうか……したんですか？」

「いや……愛さん、お腹空《す》いてますか？」

先ほどカフェで甘いものを飲んだので、そこまでではないが、何か食べたい気持ちはあった。

「そこそこ、くらいは」

「……ご馳走《ちそう》します、から……ちょっとだけ仕事をしてもいいですか？　よかったら、一緒に来てくれませんか？」

「え？」

「本当にすみません、あの……埋め合わせは必ずするので、お願いします」

頭を下げた奥宮に、愛は瞬《まばた》きをする。とりあえず、今からどこかに行って、仕事をしなければならないことはわかった。

「あの、だったら、食事はまた今度でもいいので」

残念に思いながらも、愛は奥宮にそう申し出た。

内心では、仕事をしている奥宮に興味はあったけれど。

「いえ……僕が愛さんといたいので……。あの、一緒に来てくれませんか？　気を悪くしても仕方ないと思うんですけど。お願いします」

丁寧な口調。

緊張しているのだろうか。その理由が愛と一緒にいるためと想像すると、胸が高鳴る。

約束が仕事で潰れたら、普通は怒るのかもしれない。でも、愛は別に嫌な気持ちになったりしなかった。それは、奥宮の立場がわかるから。

一番上の兄も、仕事のためによく食事をキャンセルすることがある。そんな時、残念に思うことはあっても、怒る気にはならなかった。兄がそうせざるを得ない立場で仕事をしていると、愛は知っているから。きっと、奥宮も同じだろう。

「そこ、ご飯美味《おい》しいですか？」

「満足できると思います。お酒も食事も、この上ないくらい」

ぱちりと瞬《まばた》きをした奥宮が、愛を見て頷いた。

「じゃあ、一緒に行きます」

「……よかった、ありがとう」

あからさまにホッとした顔をして、優しい笑みを向ける。

この人の笑った顔が好きだと思う。

「早速だけど、いいかな？」

頷いて、奥宮の隣を歩く。急いでいるだろうけれど、愛の歩幅に合わせてくれる彼が好ましかった。

「どこに、行くんですか？」

「ロックメイプルの本店に」

その名を聞いて、兄の言葉を思い出す。奥宮の持っているカフェバーで、ロックメイプルは有名だ、と言っていた。

「壱兄から聞いて、行ってみたいと思ってたんです」

笑みを浮かべて言うと、奥宮も嬉しそうにはにかむ。

「それを聞いて、ホッとした。本当にすみません」

申し訳なさそうに謝る奥宮に、愛は首を横に振って、楽しみです、と微笑んだ。

9

白いメルセデスに乗って、十五分くらいの場所。

奥宮は慣れた様子で、店の車庫のような場所に車を入れた。広い車庫には、他にも車が二台停まっていた。

「大きな、車庫ですね」

「前はコインパーキングに車を停めていたんだけど、一度車が盗まれてしまってね。だから店の裏の住居部分を改装して、社員は車庫に車を入れるようにしたんだ」

エンジンを切って、こちらを見る奥宮を見返した。

「悪いけど、愛さんは店の正面から入ってくれる？」

「正面？」

「案内する」

車を降りて、奥宮はコートのポケットから仕事用のスマホを取り出した。タッチパネルを操作して、どこかに電話をかける。

「奥宮だけど……今からベージュ色のコートを着た女性を店に入れるので、カウンターの右端に案内して。僕は裏から入るから」

電話を切った彼に、こっち、と言われたのでついて行く。

車庫を出て表に向かうと、決してカジュアルではない、木製のドアがあった。そこには、重厚な字体で「Rock maple」と書かれている。奥宮がドアを開けて、中に入るよう促《うなが》した。

「愛さん、僕は裏から店に入るので、先に席に座って待っていて」

それだけ言うと、ドアが閉められた。入り口で一人残された愛は、瞬《まばた》きをして店の中を見渡す。

木製のカウンターに、オシャレなベージュ色のスツール。フロアには小さめのテーブルが左右に二つずつ置いてあって、それぞれベージュ色の柔らかそうな一人掛けのソファーが設置されている。床とテーブルの濃い茶色に、ベージュがよく映える。客はテーブル席に一組だけで、その人たちがとてもオシャレに見えた。

というか、お酒に慣れたいい大人が来るような店っぽい。

「私、場違いじゃない？」

小さくそう呟くと、一人の男の人が近づいてきて、愛に声をかけてくる。

「オーナーのお連れ様ですか？」

白いシャツに長い黒のエプロン。店のスタッフだとわかって、愛は頷く。

「こちらです、どうぞ」

案内されて、カウンターの右端に座る。硬そうに見えたスツールは意外と柔らかくて、座り心地が良かった。すぐにメニュー表が目の前に置かれて、スタッフからおしぼりを手渡される。

「お食事をされるとオーナーから伺《うかが》いました。今日のお勧めは、キノコとベーコンのグラティネセットです。セットの飲み物は、アルコール、ノンアルコールから選ぶことができます」

「……じゃあ、それで」

「お飲み物はいかがなさいますか？」

飲み物と言っても、どれを選んでいいか迷う。こういう場所にはほとんど来たことがないので、カクテルの種類さえわからない。

「いいよ、岸本《きしもと》、飲み物は僕が出すから」

顔を上げるとカウンターの扉の前に奥宮がいた。先ほどまでの黒いスーツから、やや青みがかったシャツに着替え、黒いエプロンの紐《ひも》を結ぶところだった。

「芦屋さんは？」

「もうすぐ帰ってきます」

そう言って、奥へ入っていく岸本と呼ばれたスタッフを見てから、再び奥宮へ視線を向ける。エプロンの紐《ひも》を結び終えた奥宮は、カッコイイ、バーのスタッフにしか見えない。

「あの、奥宮さん？」

「実は、この店の店長が包丁で手に怪我をして、今病院に行ってるらしくて。戻るまでの間、店長の代理を頼まれたんです。食事の注文は？」

「あ、今、グラタンのセット、を」

「飲み物は、先に出しても構わない？」

頷くと、愛に笑みを向けて、奥宮は棚からボトルを選んで取り出す。

「グレープフルーツは好き？」

「はい」

「アルコールは入れてもいい？」

「少しなら」

奥宮は慣れた手つきで、縦に長いグラスに氷を入れる。ボトルからグラスに白い液体を入れるのを見ながら、愛は着ていたコートを脱いだ。

その間も、彼は流れるような動きでグレープフルーツの果汁を入れて、長いスプーンでグラスをかき混ぜる。最後にスプーンで一口すくって、味見をしてから愛の前にコースターを置いて、グラスを出した。

「コートの色と似た色のカクテルにした。アルコールは薄めにしてあるよ」

そして、カトラリーと一緒に、ベーコンを春巻きの皮で巻いたおつまみが置かれる。その時、後ろから女性の声で、やだ、と少し大きな声が聞こえた。

ちょうど店に入って来たばかりの客のようで、愛は声のした方を向く。

「うそ、オーナー！　どうして？」

「いらっしゃいませ。……今日は、ピンチヒッターで。芦屋が戻ってきたら帰ります」

「えー、やだ。帰らないでよ。今日予約してよかったぁ、すっごい久し振りですよね？」

常連のお客さんなのかな、と思いつつ、愛はフォークでおつまみを口に運ぶ。カリッとした食感で、とても美味《おい》しい。横目で奥宮と話す女性を見ると、綺麗な人だった。

「カウンターに座ってもいい？」

女性は二人連れで、もう一人の女性は瞬《まばた》きをして奥宮をじっと見ている。

目がいかない方がおかしいよね、と思いながら二つ目のおつまみを口に入れた。

「どうぞ、空《あ》いてますから」

そう言った後、彼は何かに気付いたように、カウンターから出て行く。それを目で追うと、一組だけいた客が注文をしたみたいだった。

「なんか、めっちゃカッコよくない？」

「でしょ？　でも今は滅多にお店にこないの。ここの店、要予約だし、いたらラッキーって感じ。お酒を作るのも上手《うま》いし、話すと優しいの。……あーもう、ホント今日予約しててよかったぁ」

綺麗な彼女は笑顔で奥宮のことを、もう一人に話している。

愛は、耳に入ってくる会話を聞きながら、奥宮の作ってくれたカクテルを一口飲む。

「美味《おい》し！」

あまりの美味《おい》しさに、思わず半分くらい一気に飲んでしまった。そこで、これはお酒だと思い出し飲むのをやめる。ちょうどそこで、グラタンとガーリックトーストがテーブルに置かれる。

アツアツのグラタンは見るからに美味《おい》しそうで、愛は目を輝かせた。カトラリーケースからスプーンを取り出し、早速一口食べる。

「美味《おい》し！」

その声が聞こえたのか、岸本と呼ばれたスタッフが思わずと言ったように笑う。

「なんか、いちいち反応が可愛いですね。というか……」

声を小さくして岸本が愛に身を寄せた。

「オーナーが店に女の子を連れて来たの、初めてです。もしかして、彼女さんですか？」

首を横に振りながら口の中のものを呑み込む。熱くて、舌を火傷《やけど》するかと思った。

「いえ、まだ、たぶん、違います」

小声で返すと、そうですか、と言って笑みを向けられる。彼はすぐに隣の綺麗な女性たちから声をかけられて、愛の傍を離れていった。

まだ、たぶん、違います——それは、間違ってないと思う。

電話で付き合うことを承知するようなことを言ったけど、まだ正式には付き合っていないから。

カウンターに戻って来た奥宮を見ると、彼は銀色のカップに液体を入れ始めた。シェイカーというんだっけ？　と思いながら見ていると、奥宮はそれを両手に持って振りだす。

「……っ！」

シェイカーを振る人を、愛は初めて見た。

カシャカシャと金属の容器の中で氷が音を立てる。その音をぼんやり聞きながら、目の前でシェイカーを振る奥宮の姿を見ていた。

これを見て、何も思わない人はいないと思う。現に、カウンターから離れたテーブル席の男女も、じっと奥宮を見ていた。もちろんカウンターの女性たちも同様だ。

彼は、シェイカーと小さなカクテルグラスをトレイに載せて、テーブル席の客のもとへ向かう。

「お待たせしました」

コースターの上にグラスを置いて、シェイカーから液体を注《つ》ぐ。最後に雫《しずく》を切るようにしてシェイカーをトレイに載せた。その一連の動きは、ため息が出るほどカッコイイ。

戻ってくる奥宮と目が合うと、彼は愛にだけわかるように小さく笑う。

なんとなく胸が苦しくて、愛は目の前のグラタンに集中する。数口食べて、残っていたカクテルを飲み干す。再びグラタンを食べ始めたら、次のカクテルが愛の前に置かれた。今度は綺麗な青いカクテル。思わず顔を上げると、にこりと笑った奥宮と目が合う。

「あまりアルコールが強くないみたいだから、今度はノンアルコールね」

すぐにまた隣の女性からオーナー、と呼ばれて、彼は視線を移してそちらへ行ってしまう。

スーツではない店のスタッフ仕様の恰好も、シェイカーを振る姿も、なにもかもがカッコよくて仕方ない。以前、愛が、モテるでしょ？　と聞いた時、上手《うま》く誤魔化していた奥宮だけど、どう見たってモテている。カウンターに座っている女性のうちの一人は、すでに目がハートだ。

「オーナー、やっぱりシェイカー振る姿、カッコイイ」

「ありがとうございます」

苦笑してそう言う顔が、堪《たま》らなく魅力的で。

柔らかい表情と、カウンターに立つキリッとした姿。目がハートになるのも当然かもしれない。

「その笑顔がニクイなぁ。すっごいキュートだもん」

「三十を過ぎた男に……キュートはないでしょう」

彼はそう言うが、キュート、という表現には、愛も内心で頷いてしまった。

何気ない表情や仕草が、本当に魅力的だ。見ているだけで、ドキドキする。

奥宮と女性客の会話を聞いていると、カウンターの向こうにあるドアが開く。現れたのはグレーのシャツに黒いエプロンをつけた、奥宮より結構年上な男の人。

目元が少しきついけど、カッコイイ大人の男という印象の人だった。

「おー、楓、サンキュー」

そう言って男性に肩を叩かれた奥宮が、やや呆れたような表情で笑う。

「サンキューじゃないでしょう、芦屋さん」

「しょうがないだろ、ザックリいったんだからさ」

ほら、と包帯でぐるぐるに巻かれた手を見せる。

「三針縫《ぬ》った。しばらく手伝いに来いよ」

「他の店から応援に来させます。僕には今、別の仕事があるので。今日だって、芦屋さんの頼みじゃなかったら、来てませんよ」

目の前で話す二人の様子に、芦屋という人は奥宮にとって特別な人なのかもしれないと推測する。

「えー、マスター怪我したの？」

「そうなんですよ。なのに楓、手伝いに来ないって。オーナーは冷たいよなぁ」

「ホントだー、冷たーい。でも、オーナーだからそんなわけにはいかないよね？」

客と喋《しゃべ》る奥宮はいつもと違って見える。愛と喋《しゃべ》る時とは、雰囲気が違うからだろうか。

じっと見ていると、芦屋が愛に気付いて視線を向けてきた。愛は軽く会釈《えしゃく》をして、そっと視線を外し青いカクテルを飲む。

しかし、なぜかじっと芦屋の視線を感じて、なんだろうと思う。

「楓、いいぞ上がって。飯は？　食っていくだろ？」

「当たり前です。なんでもいいから適当に出して、岸本」

そう言って、奥宮はカウンターに座る客に頭を下げてから、奥のドアを開けて中へ入っていく。

「珍しくオーナーが来てて、テンション上がったのにー」

「楓はオーナーだから、俺で我慢してもらえませんかね？」

芦屋がそう言うと、女性客は満足したように笑う。

「私、ロックメイプルは、本店が一番好き。なんかやっぱり、原点って感じがするから」

「支店はどっちかって言うと、気軽さが売りだからね。本店の売りは、気軽さの中にも特別感、でしょ？」

そうそう、と相槌《あいづち》を打つ女性客を見て、愛はなるほどと思う。壱哉から、カジュアルな店と聞いていたから、この店の落ち着いた雰囲気を不思議に思っていたのだ。

確かにここは、特別な空間に感じる。要予約と言っていたのも、そうした理由からかもしれない。

でも、スタッフの恰好はカジュアルで、それはホッとできていいのかも。

そんなことを考えていると、失礼しますと言って、愛の隣の席にカトラリーが置かれた。そして熱々のグラタンとガーリックトーストとガーリックトースト。飲み物はお茶のようだった。

愛が自分のガーリックトーストをかじって待っていると、奥のドアが開いて奥宮が出てくる。スーツに着替えているけど、ネクタイは締めていなかった。そのまま彼はカウンターを出て、愛の隣に腰かける。

カウンターの女性客はそれを見て、驚いたような顔をした。

「なんか、さっきから可愛い子がいるなぁ、って思ってたけど。もしかしてオーナーの彼女？」

「今、口説《くど》いている人」

女性客がきゃーっと、少し大きな声を上げる。

「私、ここに通って何年も経つのに、一回もオーナーに口説《くど》かれたことないよ？」

「お客様には、いつも感謝してますよ。本当に」

「感謝なんかいらないしー」

そう言って笑った女性客は、グラスの酒を一気に呷《あお》る。

そんなことを言わないでほしいと、愛は顔が赤くなるのを感じた。

だって、女性客は奥宮に好意を寄せているとわかるから。居たたまれなさに顔を伏せると、愛さん、と名を呼ばれた。

「すみません、お待たせしてしまって。食事は、美味《おい》しかった？」

「あ、はい、とっても」

「それはよかった」

微笑んだ奥宮が、自分の料理を食べ始める。

前も思ったけれど、食べ方がとても綺麗だ。優しくて穏やかで、食べ方も綺麗。それに、誰もが見惚れるイケメンなところも兄の壱哉と似ていた。けれど、まったく違う人なのは、もちろんわかっている。兄には、こんな風に心臓が高鳴ったりしないから。

『もう、好きって認めれば？』

美晴から言われた言葉を反芻《はんすう》して、頷く。

そうだ、好きだ。

この人が好きだ、と自分の心を理解した。

こんなに短期間で、しかも失恋してひと月かそれくらいしか経ってないのに。

けれど、奥宮に対するこの気持ちは、ちゃんと恋だと思う。

自分の心を理解した途端に、アルコールも手伝って顔が熱くなる。

みっともなく赤くなっているだろう顔を見られるのが嫌で、愛は顔を伏せがちにするしかなかった。

☆　☆　☆

「今日は、本当にすみませんでした」

車に乗って、車庫を出たところで奥宮から言われた。

「いえ、全然。ご飯、美味《おい》しかったです」

愛が笑顔で言うと、本当に？　と聞き返された。

「本当です。奥宮さん、本物のバーテンダーみたいでした」

すると、奥宮は笑みを浮かべて愛に言った。

「資格と技能認定を持ってるので、一応本物かな。あの人、店のマスターの芦屋さんに取るように言われて、渋々取ったので。技術も何もかも、あの人から学んだものだから、今も頭が上がらなくて」

初めは国家公務員で、その後はバーテンダー。それで今は、海里グループの代表取締役。本当にいろんな経験を積んできているのだな、と思った。

「あの店が、始まりでした。まさか、こんなに大きな会社になるとは思わなかったけど。最初はただ、みんなに保険証を渡したい、って思ってただけで」

「保険証？」

「そう。きちんとした会社は、社員に保険証をくれるでしょ？　飲食店だし、お酒もよく飲むから、従業員の健康面を少しでも保障できたら、って。後は、毎月定額のお給料を渡すこと。それさえ叶えられたら、満足だったんだけどね」

そう言ってハンドルを切る奥宮を見て、引っ掛かりを覚える。

「今は、満足していないんですか？」

愛の問いかけに、奥宮がちらりとこちらを見た。

「してるけど、時々、本当にこれでよかったのか考える。いろいろ大きくなりすぎて、数字でしか状況がわからないから……」

ふっと苦笑した奥宮は、すぐにいつもの王子様スマイルを浮かべて聞いてくる。

「家まで送っていいのかな？」

彼には一度、家まで送ってもらったことがあった。

「あ……ですね、でも……」

今日は、奥宮とあまり話をしていないな、と思ったら言葉が出ていた。

「もうちょっと、お話ししませんか？」

自分で言った言葉を脳内で繰り返して、あ、と顔が熱くなる。

なんてことを言ってしまったんだ！

途端に恥ずかしくなる。おまけに、車が信号で停まって、奥宮と顔を見合わせることになってしまった。

「……そうですね……二人だけで。もし……抵抗がなければ、僕の家が近いけど」

奥宮が愛を見て、どうする？　と言っているようだった。

男の人の家に行ったことなんかなかった。どんな家か興味はあるけれど、行ってもいいものなのだろうか。

しかし、警戒心が働く前に、愛は返事をしていた。

「奥宮さんが……いいのなら、行きます」

奥宮は綺麗な色の目を瞬《またた》かせる。そして、小さく息を吐いて、前方を見た。

ちょうど信号が青に変わった。

「じゃあ、行きましょうか。ここから、五分くらいだから」

動き出す車。

今から奥宮の家へ行くのだと思うと、今更ながらに警戒心が湧き出てくる。

でも、もっと彼と話したいという思いの方が強かった。

10

奥宮の言った通り、五分くらいで目的の場所へ着いた。目の前には綺麗な高層マンション。

「奥宮さん、ここ、購入したんですか？」

このマンションが、かなり高級なのを、愛は知っている。なぜならテレビで紹介されたのを見たことがあるからだ。建てられてからまだ間もなかったと思う。

「いや、僕は賃貸で。購入も考えたけど、なんとなく」

地下の駐車場に停められた車も、奥宮の車はもちろん、みんな高級車ばかりで。ここにいる自分が、少しだけ場違いなような気がした。でも、よく考えれば、奥宮は代表取締役社長だった。

「愛さん？」

「あ、はい、降ります、ね」

奥宮の部屋はもうすぐ。来てしまったなぁ、と思いながら愛は白のメルセデスから降りた。

エレベーターに乗ると、奥宮は十五階のボタンを押した。一番上ではないんだと思っている間に、エレベーターが目的の階に着く。

エレベーターからそう遠くないドアの鍵を開けるのを見ながら、愛はそっと周りに目をやる。このフロアには、三つしかドアがなかった。

「どうぞ」

「あ、はい」

ドアを開けた奥宮が、先に入るよう促《うなが》してくる。

愛は緊張しつつドアの中へ入った。玄関は広く、愛のマンションの部屋の半分くらいあった。壱哉の家もこんな感じだけど、やっぱり社長は違うんだな、と思う。

「広いですね」

「一人暮らしには広すぎるけど、うちの秘書が引っ越せとうるさいから。でも、四ヶ月前までは1LDKに住んでたんだけど」

靴を脱いだ奥宮に続いて、愛もパンプスを脱いだ。

「1LDK、ですか？」

「うん、そう。だから、この部屋は広すぎて落ち着かない。けど秘書が、いつまでも会社の社長が狭い家に住むな、って言うから仕方なく」

苦笑する奥宮が、秘書と言うのを聞いて、その人を思い出す。

愛に奥宮とのことをいろいろ言ってきた、失礼な人。

「私、あの人嫌いです」

リビングに入ったところでそう言うと、奥宮が振り向いた。

はっきり言いすぎたので、キュッと目を閉じる。もういい大人なのに、子供みたいに嫌いなんて、何を言っているんだろうか。

「すみません、変なこと言いました」

「いや……いいけど……あの人って、柘植と話を？」

「話しました。いろいろ、失礼なことばかり言われて」

奥宮は苦笑して愛の言葉を聞いていた。

「それは、申し訳なかった。柘植が何を言ったかわかりませんが、彼は仕事面でもプライベートでも頼りになる男なんですよ……」

奥宮と柘植は、大学の頃からの付き合いらしい。驚くことに、柘植は弁護士なのだとか。奥宮が借金を背負わされた際、諸々の債務整理をしたのが柘植だったそうだ。

以来、何かと奥宮を心配していた柘植は、いつしか弁護士事務所を辞め、奥宮の店を手伝うようになったらしい。

とはいえ、愛の中の柘植の印象はあまり良くはなっていないが……

「適当に座っていてください」

そう言って、奥宮はリビングに愛を残して奥の部屋に入っていった。

広々としたリビングは、中央のテーブルの周りに、座椅子のようなソファーがコの字型に置いてあった。ソファーの下に敷いてある茶色のラグは、ふわふわしていて温かそうだ。

なんだかゆっくり寛《くつろ》げそうな、親近感の湧くようなインテリアだと思う。それでいて、置いてある家具はかなりシンプルで、すっきりしている。

愛は着ていたコートを脱ぐ。そしてソファーの中央に座った。目の前には、大きなテレビ。もしかしたら五十型以上はあるかもしれない。テーブルの上はすっきりと片付いていて、テレビのリモコンと、なんだかわからない球体の機械が置いてあった。

ソファーの上にバッグとコートを置いて、愛は改めて部屋を見回す。

余計なものは一切ないような、そんな印象。テレビの横に木製の背の低い棚が置いてあるが、収納といえばそれくらい。

そうしてしばらく待っていると、私服に着替えた奥宮がリビングに戻って来た。濃い色のブルーデニムと、ストライプのシャツ。彼はそのままキッチンへ行って、愛に声をかけてくる。

「コーヒーと紅茶、どっちが好き？」

「どっちも好きです」

「じゃあ、紅茶で。いい茶葉をもらったんだけど、なかなか減らなくて」

ケトルに水を入れて湯を沸かす音が聞こえる。

「あの、お構いなく」

「構わせてください」

奥宮がそう言って笑う。その顔は本当にクラッとくるくらい、素敵だった。王子様みたいなその顔で優しく笑ったら、誰だってドキドキすると思う。

落ち着かない気持ちでソファーに座っていると、奥宮がテーブルの上にトレイを置いた。トレイには、二人分のティーカップとソーサーに、ミルクと砂糖が入った小さなキャニスターが二つ。そして、小さなお菓子。紅茶の入ったポットからは、とてもいい香りがした。

小さな菓子を添えて紅茶を用意するなんて、まるでカフェに来たみたいだ。

「お茶を出す時、いつもお菓子を付けるんですか？」

不思議そうにテーブルの上を見ている愛に、奥宮は笑みを浮かべてソファーの隣に座る。愛と少しだけ距離を置いて。

「付けますよ。フランスでもずっとそうされていたし。僕の母はパティシエなので、いつも彼女の手作りだったな」

「パティシエ？　すごい」

奥宮が蒸らした紅茶をカップに注《つ》いでくれた。愛はそれに、ミルクと砂糖を入れて一口飲む。少しだけバニラのようなフレーバーを感じた。

「美味《おい》しい！」

「よかった。母がフランスから送ってくれたもので、他にキャラメルのフレーバーもあった」

奥宮も紅茶を飲んで、一息つく。愛は、その横顔をそっと窺《うかが》った。

横から見ても、衣通姫の言う目の中のヒマワリは、まったくわからない。

正面から見ないとダメかな、と思いながら、愛はずっと気になっていたテーブルの上の球体の機械について尋ねる。

「奥宮さん、これなんですか？」

指をさして聞くと、彼は、ああ、と言ってそれを見た。

「これは、プラネタリウムの機械」

「プラネタリウム？　どうやって使うんですか？　見てみたい」

奥宮は、紅茶のカップをソーサーに戻して、プラネタリウムの機械のスイッチを入れる。

少しだけ光っているけれど、部屋が明るいせいかよくわからない。

「電気を消してもいい？」

「はい」

奥宮は立ち上がって電気のスイッチのある場所へ向かう。

部屋の電気が消えると、広い天井一面に、星空が広がった。

「き、れい……」

こんな風に、家でプラネタリウムができるなんて知らなかった愛は、普通に感動した。

「こんな機械があるんですね!?　すごい、キレー、感動っ！」

天井に広がる星空は本当に綺麗でロマンチック。そして、どこか癒《い》やされるような雰囲気。気持ちがゆっくりとほぐされていく気がする。

「考え事が多い時とか、疲れた時に、いつもこれをつけるんだ。なんかボーッとできてすごく落ち着くから」

戻って来た奥宮は、愛の隣に少しだけ距離を置いて座って天井を見る。

「悩むことって、あるんですか？」

「もちろん、普通に悩みますよ。一人になると、結構ネガティブなんです」

「そんな風に見えません」

「よく言われます」

暗い部屋の中、隣で彼が苦笑したのがわかった。

「最近いつも悩んでますよ。会社のこととか、自分はこれからどうしたいのか、とか」

「これから、ですか？」

思わずそう問うと、奥宮がこちらを向いた。

「つい三年前まで、僕は今日みたいに店のカウンターに立って仕事をしていた。けど、それから二年くらいの間に、店が増えて忙しくなった。正直こんなに大きくなるとは、まったく思ってなかったから」

そうして彼は、愛を見たまま笑って言った。

「すみません、こんな愚痴《ぐち》を言ってしまって」

「奥宮さんの愚痴《ぐち》って、あまり愚痴《ぐち》っぽくないですね。……自分はこれからどうしたいのか、って、誰でも思うことじゃないかな。壱兄も、奥宮さんには、自分も見習うところがあるって言ってましたし」

奥宮は愚痴《ぐち》だと言ったが、まったくそうは思わなかった。

「……篠原副社長にそう言ってもらえるなんて、光栄ですね。でも、僕自身はすごくないんだよ。柘植とか芦屋さんとか……他にもいろいろな人に、たくさん助けられてきた」

彼はそうして天井を見て、一つため息。

そういえば、以前も、いろんな人から助けられたと言っていた気がする。

でも聞いていると、奥宮だから周りに人が集まってきているような印象を受けた。

「……いつの間にか、社員の持ってきた契約にゴーサインを出すだけのような感じで。それこそ、一日中デスクで、会社が大きくなって、僕のすることは会社の運営のみ。自分が目指していたものとか、どこに向かっているかとか、そういうのがわからなくなる時があって……」

目線を下げて、もう一度ため息をついた。

奥宮は、こんなことを話してすみません、と言って、この場の雰囲気を変えるようにプラネタリウムの機械に手を伸ばそうとする。

「あの、でも、ご飯とか、美味《おい》しい飲み物って、人を幸せにしませんか？」

奥宮は手を止めて愛を見る。

「えっと、……私の友達の美晴っていう子は、アン・カフェのホットチョコレートが大好きなんです。だから、何かあると必ずアン・カフェに行くんですよ。美晴の中で、ホットチョコレートとクロックムッシュは定番みたいで、いつも食べてます」

そうして一呼吸置いて、愛は奥宮を見て微笑んだ。

「美味《おい》しいものを食べると心が満足するでしょ？　だから人は、そこでしか食べられない美味《おい》しいものを求めてお店に行くんだと思うんです。……昔、壱兄が言ってました。良いものは広がるって。奥宮さんは会社が大きくなりすぎた、って言うけど、それは奥宮さんが頑張って、良いものを出し続けてきた結果だから、やっぱりすごいことだと思います」

「ありがとう」

奥宮はじっと愛を見ていた。見つめ返すと、瞬《まばた》きをして小さく微笑む。

「いえ、なんか、こんなまだ社会人二年目が偉そうなこと言ってすみません」

愛が恐縮して言うと、奥宮は首を横に振る。

「いや、とても元気が出た。ありがとう愛さん」

愛から視線を外さずに、愛の頬を大きな手が撫でた。瞬《まばた》きをして、奥宮を見る。目の前の彼は、真っ直ぐに愛を見つめている。暗い中でも、綺麗な目の色はわかる。日本人にはない、緑がかった茶色の目。

その目がゆっくり近づき、そっと閉じられる。それを見ながら、愛も自然と目を閉じた。

唇に感じる柔らかい感触。

奥宮の唇と愛の唇が触れ合っている。それがわかって、心がうるさく騒ぎ出す。

最後に小さく啄《つい》ばんで唇を離した奥宮と至近距離で見つめ合い、顔が熱くなるのを感じた。

こんなに近くで奥宮の目を見るのは初めてだ。

瞳の中心が、花の形のように黄色の虹彩《こうさい》で縁取られている。

『奥宮さんの目、機会があったら近くで見てみるといいわ。目にヒマワリが咲いてるみたいなんだよね』

衣通姫の言った通り、目の中にヒマワリが咲いているようだった。それが、とても綺麗で。

「愛さん、僕と付き合ってくれませんか？」

頬を撫でながら言われて、心臓がさらにうるさくなる。

こんな間近から、王子様みたいなイケメンに熱く見つめられて、ドキドキしない人がいたら教えてほしい。

しかも奥宮と愛はキスをした。

柔らかく触れるだけの優しいキスだったけれど、その感触はしっかりと唇に残っている。

最後に啄《つい》ばまれた時の、軽く唇を引っ張られるような感触も。

「あ、の……キス？」

「君が可愛くて、我慢できなかった。許してくれませんか？」

部屋に来てから、時々出る丁寧な言葉。奥宮も緊張しているのだろうか……

頬を撫でていた手が、愛の髪の毛を耳にかける。その間も、綺麗な目は愛から視線を離さない。

「僕と、付き合ってほしい」

もう一度繰り返された言葉に、こくりと頷いて。

「あの、はい……私で、よければ……その、お付き合いさせてください」

言っちゃった、と思って瞬《まばた》きをして奥宮を見る。

奥宮は下を向いて、大きく息を吐く。そうしてから、再び愛を見つめて笑みを浮かべた。

「なんだか、すごく長い時間をかけて、君を口説《くど》いた気がする。……ありがとう、嬉しい」

そうして、愛の耳に触れて、もう一度唇が近づいてくる。

愛はそっと目を閉じて、奥宮からのキスを受け入れた。

二度目のキスは、触れるだけではなく、上唇と下唇を何度か啄《つい》ばむようにされる。そして、唇を離す前に触れるだけのキス。

キスの間、愛の心臓はドキドキしっぱなしだ。

「なんかもう、あの……」

愛が言うと奥宮が首を傾げる。

「さっきから心臓がドキドキしてて……は、初めてするので……」

ああ、これがファーストキスだ、と思って奥宮を見る。目の前には、さらにドキドキするような王子様のような笑顔。

「僕も同じ」

自分の胸に手を当て、照れたみたいに笑う彼に、痛いくらいに胸が高鳴る。

奥宮の笑顔は目に毒だ。

キスだけでも心臓が大変なことになっているのに、彼の笑顔でもっと大変なことになる。

こんな人、どこを探したっていない。

カッコよくて性格もよくて、とても優しい、愛を好きだと言ってくれた人。

そして、愛が本当に心から好きだと思える人。

彼と出会って、まだ一ヶ月弱。

まさか、こんなに短期間で惹かれる人に出会えるなんて……

愛は、奥宮の腕に素直に抱きしめられた。

まるで満天の星空の下にいるような、そんな状況の中で。

11

「今日はありがとう。急なお願いだったのに、素晴らしい会場を提供してもらえて、本当に感謝している」

日本アースリーの桐嶋藍獅《きりしまあいし》副支社長は、礼服の似合う凛々《りり》しい顔に笑みを浮かべた。

「いいえ。こちらこそ、篠原支社長の晴れの日にＤｕｖｅｎｔを使っていただいてお礼を言いたいくらいです」

三日前、桐嶋から突然、店を貸し切りにできないかと連絡をもらった時は、さすがに驚いた。しかし、その目的を聞いたら貸し切りにする理由としては充分だった。

日本アースリー支社長の、結婚式の二次会と聞いて二つ返事でＯＫした。

「ベレニスの件では大変お世話になりましたし、ウチで協力できることがあれば、ぜひさせてください」

海里グループのカトラリーブランド、ベレニスとアースリー全社との提携を後押ししてくれたのは、篠原だった。世界的な大企業との提携は、今後、海里グループにとって大きな信用となるだろう。

「ベレニスほどの品質の高さなら、当然のことだ。いつも謙虚だな、奥宮さん。それに、敬語は使わなくていい、っていつも言ってるのに」

そう言って苦笑した顔はとても魅力的だ。二つ年上だと聞いている桐嶋は、自分から見ても男っぽい顔立ちのイイ男だと思う。そもそもの付き合いのきっかけは、桐嶋が日本アースリーとベレニスとの提携を単独で持ちかけてきたことからだった。

「桐嶋さんは恩人だし、目上の方ですから。これは、フランスから帰った私に、いつも父が言っていたことですが」

「楓、言葉遣いに気を付けろって？」

「そうです。楓、言葉遣いに気を付けて、真面目に生きなさい、というのが口癖で」

苦笑すると、桐嶋も苦笑した。

父からは、いろいろと学ぶことも多かったし、仕事にプライドを持ち、日本人として高い意識を持って生きる姿勢を尊敬している。

「俺も似たようなこと言われてきたから。共感できるな、それ」

その時、周囲がざわつき、スタッフや招待客の全てが店の出入り口に視線を向けた。

そこには、披露宴《ひろうえん》の衣装を着たままの新郎と新婦がいた。

新郎はネイビーカラーのタイトなラインのタキシードで、新婦はピンク色のバックスタイルに花がいくつもついた綺麗なドレス姿。

「披露宴《ひろうえん》会場からそのまま歩いて来たのか？　壱哉」

桐嶋が笑いながらそう言った相手は新郎。背が高く黒い目が綺麗な、人目を引く容姿をしたイイ男。笑った顔は爽《さわ》やかだが、どこかストイックな印象を感じさせる。

篠原壱哉、日本アースリーの支社長。自分とたいして年は変わらないのに、世界的な大企業で支社長を務める人だった。

初めて会った時にその年ですごい、と言うと、彼は笑って楓に言った。

『自分は造られた組織の一員にすぎません。僕は、奥宮さんの方がすごいと思います。失礼ながら、経歴を拝見させていただきましたが、見習うことが多くありました』

桐嶋は楓を謙虚と言った。けれど、篠原も充分に謙虚で、そして仕事のできる人だ。

一緒に仕事をしていて見習うことが多かったのは自分の方だと思う。

「では、桐嶋さん、ゆっくりしていってください。後ほど改めて挨拶《あいさつ》に伺《うかが》います」

「わかった。じゃあ、後で」

篠原支社長の横で微笑む新婦を見て、とても可愛い人だと思った。

猫のように大きな目が印象的で、たくさん花を飾ったヘアスタイルが似合っている。幸せそうな二人を見ていると、スタッフに声をかけられた。

「オーナー、そろそろ始めていいでしょうか？」

「ああ、そうしてくれる？　シャンパンは新婦のところに。好きだそうだから」

「わかりました。……それにしても、なんか華やかですね。それでいて、みんな礼儀正しくて、いい人ばかりで。一流企業の重役クラスの人たちなのに、あっちこっちで頭を下げてお礼を言われましたよ」

予約を入れた桐嶋も、そして結婚式を挙げた篠原も、これ以上なくいい人だった。

二人とも冷静で礼儀正しく、契約を結ぶ際も、対等なビジネスパートナーとしてきちんと説明を受け、シェイクハンドを求められた。決して損はさせません、と言ったのは篠原だった。

自分の会社が一流企業と提携することがとても不思議だった。

海里グループのカトラリーブランドとの縁で、楓は日本アースリーの傘下であるトレジャーホテルで、フレンチレストランのプロデュースを請け負った。結果、質の向上と集客率が上がったことを評価され、先日、正式にトレジャーホテルと海里グループとの提携を申し込まれた。

おかげで楓の会社は、会社自体の信用を確固たるものにしつつある。

「あの人たちはいつもそうだよ。くれぐれも、よろしく頼むね、川崎《かわさき》さん。大事なお客様たちだ」

「わかりました、任せてください」

店長の川崎の肩を叩いて、楓は店の裏に行った。オーナー専用の個室でパソコンを開き、仕事の内容を確認していく。

今では、店の運営はほとんど各店舗の店長に任せている。グループ全体の売上データの分析なども、専門の社員たちに任せている。

ここまで会社が大きくなったのは、ほとんど運だった。振り返ると特にそう思う。

「最初は、ここまで大きくするつもりはなかったけど」

無意識にため息が出るのは、ただ指示するだけに回った自分の立場を考えて。

以前は楓も、店のカウンターに立っていた。見よう見まねでシェイカーを振っていた頃が懐《なつ》かしい。

仕事が一息ついたところで、挨拶《あいさつ》に行くことを思い出した。

店内へ向かい、招待客が和《なご》やかな雰囲気で楽しんでいるのを見てホッとした。

「オーナー、みなさん、雰囲気がよくて、料理も美味《おい》しいとのことです」

「それはよかった。ありがとう川崎さん」

「そういえば、あのネイビーカラーのタキシードの人が支社長ですよね？　その隣にいる綺麗な子って誰でしょう？　青い着物の」

川崎から言われて、視線を移す。

「振袖を着ているから……支社長か新婦の親族だと思うけど」

「あの子、笑った顔がめちゃくちゃ可愛いです。自分に奥さんがいなかったら、声をかけてたかも」

そう言って笑った川崎に、楓も笑う。

「そんなに？　目が悪いから、ここからだとよく見えないな。ちょうど挨拶《あいさつ》する予定だったし、行ってくるよ。それが終わったら帰るから、後はよろしく頼むね」

「任せてください」

楓は、篠原のいる場所を目指して足を進めた。近づくに従って、篠原の隣にいる振袖の女性の顔が鮮明になる。

思わず瞬《まばた》きをして、数秒間じっと見つめた。

振袖を着た女性の笑った顔は、確かに可愛かった。それに、美人だと思った。

目を伏せる仕草とか、ワインを口に含む動きもどこか可愛くて。楓は見惚れて止まっていた足を、無理やり動かした。

まずは、篠原の妻となった人に声をかける。少しだけ笑って頭を下げたその人は、まだ緊張しているのか、あまりこちらを見なかった。楓は笑顔で頭を下げて、次に篠原の方を見る。

見上げるようにして篠原と話していた女性が、楓の方に視線を移した。

彼女と目が合った瞬間、楓は小さく息を呑む。

変なことに、動悸《どうき》がする。彼女から視線が外せなくて、ずっと見ていたい気持ちになる。篠原に挨拶《あいさつ》をしなければならないというのに、そんなことは頭の中からすっぽり抜けていた。

どこか篠原と似ている黒い目。もしかしたら妹かもしれないと思いつつ、振袖のよく似合う彼女から目が離せなかった。

彼女の声を聞きたかった。

どんな声をしているのだろう、と想像してしまうくらいに。

その時、奥宮さん、と誰かに名を呼ばれて、ハッと現実に引き戻された。

名を呼んだのは篠原だった。自分はいったい、どれくらい彼女を見つめていたのだろう。

改めて気を取り直し、篠原へ挨拶《あいさつ》をする。

「本日は、ご結婚おめでとうございます、篠原支社長。パーティーは楽しんでいただけてますか？」

表情を取り繕《つくろ》い、にこりと笑みを浮かべる。

「ええ。今日はありがとう。おかげで、とても楽しんでいます」

「よかったです。それにしても、可愛らしい奥様ですね。まだ少し緊張されているようですが」

「いつもああなんです。初対面の人は特に」

笑って手を差し出されたので、篠原とシェイクハンドをする。そして、再び彼の隣にいる着物姿の人を見た。

青い振袖の似合う、綺麗な女性だった。近くで見ると余計にそう思い、自然と心臓が騒ぎ出す。

初対面で、話したこともない相手に、楓の心はすっかり奪われてしまっていた。

「こちらの可愛い人はどなたですか？　会社の方ではないようですが」

気付けば、そう聞いていた。

「妹の愛です」

妹、と聞いてなるほどと思う。篠原もかなり整った顔立ちをしているので、妹である彼女の美しさもわかるような気がした。楓は、激しく騒ぐ心を抑えて、声を出す。

「はじめまして、奥宮楓といいます」

手を差し出すと、一瞬驚いた顔をした彼女は、にこりと笑って手を差し出した。柔らかい手の感触に、心が震える。

「日本の名前だ」

瞬《まばた》きをしてそう言った彼女に、苦笑した。とても素直な性格らしい。それだけで、きっといい子なのだろうと思った。

「日本人ですよ、私は」

そう言って手を離す。柔らかな手のぬくもりが消えるのを残念に思った。

「可愛い妹さんですね。それでは、引き続きどうぞ楽しんでいってください」

たったこれだけの言葉に、平静を装《よそお》うのが大変だった。

いくら綺麗で可愛いとはいえ、初対面の相手にここまで心が騒ぐのは初めてのことだ。

我ながら、どうかしている。そう思いながら店の裏に戻ると、川崎がどうでした？　と聞いてきた。

「めっちゃ綺麗で可愛かったでしょう？」

「そうだね。それに、明るくて素直そうだった」

もう一度、背後に視線を戻して、愛という篠原の妹を見た。

「声かけました？」

「挨拶《あいさつ》はしたけど、支社長の妹さんだしね。彼の前でナンパするような真似は、できないだろう？」

「妹さんだったんですか……それは確かに、無理ですね」

苦笑した川崎の肩を叩いて、楓はじゃあ、と言った。

「もう帰るから、支社長たちが店を出るまで、しっかりお願いします」

「わかりました。お疲れ様です、オーナー」

そうして頭を下げる川崎に頷き、楓は再び個室へ戻ってブリーフケースを持ち上げる。そこへパソコンを入れると、そのまま店を出た。

「支社長の妹、か」

思い返すのは愛の顔。それだけで、心が騒ぐ。

車のドアを開けてシートベルトをつけ、ため息をついた。

どんなに心が騒いでも、きっともう会うことはないだろう。そう考えた途端、今すぐ店に戻って、彼女に声をかけた方がいいような気がしてきた。

そんな自分に、我ながら戸惑う。

本当に初めてなのだ。一目見ただけで、こんなにも心が動いたのは。

「まるで一目惚れだ」

けれど、と、楓は首を横に振る。

篠原支社長は、仕事相手だ。それも海里グループにとって、とても大切な。その妹に声をかけるなんて、やはりできない。下手《へた》をすれば、どんな詮索《せんさく》をされるかわからないから。

支社長の仕事相手という立場を利用したと思われたくない。
所詮は叶わない相手——そう自分に言い聞かせながら、楓は車のエンジンをかけた。

☆　☆　☆

その人との再会は、思いがけない形で訪れた。

偶然にも、楓が友人の結婚式に参列した会場と、愛が友人の結婚式に参列した会場が同じだったのだ。

彼女はこちらに気付いておらず、じっとスマホを見ている。その姿に、声をかけるかどうかたっぷり数十秒は迷った。今日の愛は、少しくすんだ色合いの優しいピンク色のドレスを着ている。髪の毛は綺麗にセットされて、きらりとした髪飾りをつけていた。

着物姿も綺麗だと思ったが、ドレスから覗《のぞ》く剥《む》き出しの肩や、ほっそりとした腰のラインから、目が離せない。改めて綺麗な人だと再認識する。

スマホから顔を上げて、会場の外に向かって歩き出す愛を見て、楓は大きく息を吸った。

彼女が帰ってしまう、と思ったら足が勝手に動いていた。

「すみません、失礼ですが……」

呼び止めると、愛が振り返る。

思わず近くでじっと見てしまって、落ち着けと自分に言い聞かせた。

「ああ、やっぱり。篠原支社長の妹さん、ですよね？」

わかっていて声をかけたのに、思わず呼び止めた風を装《よそお》う。

勢いで声をかけた楓は、何気ない会話をしながら必死に彼女との接点を探す。

そして、あることを思い出した。

結婚式の二次会の翌日、篠原から直接、楓に電話があった。

『昨日着けていたカフリンクスを、どうやらそちらで失くしたようなんですが、店に落ちていませんでしたか？』

電話を受けた時は見つけることができなかったが、後日スタッフが拾って保管していたことがわかった。そのカフリンクスが、自分の車の中にある。

「これからお帰りですか？」

「はい」

「送りましょうか？」

自分でも強引だと思う。困った風に笑う愛を見つめながら、楓はこの縁を逃したくないと思った。

篠原支社長のカフリンクスを理由に、彼女を車で駅まで送った。

だが、気持ちが空回《から》りしすぎて、結局カフリンクスを渡すことしかできなかった。

自分はいったい何をやっているんだと、苦笑するしかない。

「さすがにもう、会うことはないだろうな……」

所詮叶わない、忘れるしかないと思った人なのに。

まさか、そんな偶然がもう一度あるなんて、この時は想像もしなかった。

だからこそ、二度目の偶然に運命を感じて——

楓は支社長の妹だからとかはまったく考えず、ただ彼女に自分の心を伝えた。

☆　☆　☆

「おはようございます、社長」

「おはようございます」

笑顔で言うと、女性社員が綺麗な顔で笑いかけてくる。

海里グループの自社ビル。

楓はロビーを歩きながら、エレベーターに向かう。すると、背後から足早に一人の社員が歩み寄ってきた。

「おはよう、楓」

「おはよう、優喜」

「お前さぁ、あんな顔して笑ったら、女の子は誤解するぞ」

呆れたようにそう言う優喜と、来たばかりのエレベーターに乗る。

柘植優喜は大学時代の友人で、今は楓の秘書をしてくれていた。それまで弁護士をしていた彼は、楓が被《こうむ》った借金の債務整理を担当してくれたのをきっかけに、弁護士事務所を辞めて楓の仕事を手伝うようになった。優喜は、転職の理由を飲食店で働いてみたかったから、と言っていたが、本当は楓を心配してのことだろう。口は悪いが、面倒見のいいお人好しだ。

「あんな顔って、どんな顔？」

「その顔だよ、王子様」

言われて、楓は自分の顔に触れ、大きくため息をつく。目的の階でエレベーターを降りると、ムッとした顔をして優喜に言った。

「王子様はやめてほしいな。そんなに高貴な生まれじゃないし」

「顔がノーブルなんだよ、楓は。いかにもハーフといった顔立ちの綺麗な男に、にっこり微笑まれたら、女が誤解するのは仕方ないだろう？　私だけに笑ってくれたってさ。っていうか、ハーフっていうよりも、楓は外国人って感じだけど」

楓は日本人とフランス人のハーフだが、フランス人寄りの顔立ち。だからよく、英語やその他の外国語で話しかけられることも少なくなかった。

「あのさ、優喜……君がそう言うから、周りが王子様とか言うんだよ。僕は誰に対してもきちんと笑顔で対応しているだけだ」

「だからって、誰かれ構わず笑顔を振りまきすぎだ。たとえるなら、本物の王子様が車の窓から国民に笑顔で手を振ってる感じ？」

それを聞きながら、社長室のドアを開く。いつも言いたい放題なのは優喜の性格もあるのだろう。俺の友達はお前くらいだ、と常々言っているくらいだし。

きっとこの調子で、愛にもいろいろと言ったのかもしれない。

「トラベルデスクの彼女、優喜のこと嫌いって言ってたけど、何を言った？」

「ははあ、嫌いだって？　彼女、正直だな。……でも、俺的には気に入った。楓にしては、趣味がいいんじゃないか」

デスクにブリーフケースを置いて、何度目かわからないため息をつく。

「なんだそれ。……大体、僕が彼女のことを好きって、君に言ったかな？」

「聞いてないけど、エールトラベラーズの神津さんが、篠原さんに楓を紹介するって言ったし、楓の篠原さんを見る目がいつもと違ってたから、思い切ってカマかけてみた」

優喜は頭が良くて、勘も鋭い。そして人をよく見ているのは昔から変わらない。

楓は椅子に座って、優喜を見た。

大学時代からの友人だけあって、楓のことをよく知っている。

「彼女のどこが好きなんだ？」

「は？」

「篠原さんのどこが好き？」

どこが好き――深く考える前に、言葉が口から出ていた。

「いい子で可愛くて、笑顔が魅力的だった。初めて会った時、一瞬で目を奪われて……って、なんでこんなこと優喜に言わなきゃいけないわけ？」

我に返って眉をひそめた楓に、優喜は緩く笑う。

「お前っ、可愛い奴だよなぁ。……ほんっと、素直っていうかさ」

からかうような言い方に、ムッとする。

いい年をした男に、可愛いはないと思う。

「いい加減、怒るよ？」

「……俺としてはさ、そろそろ相手を決めてほしいわけ。ウチも大きくなったし、社長がいつまでも独身だと困るからさ。それに……相手が、あのアースリー副社長の妹だとしたら、海里グループの信用もさらに高まる」

「……似たようなこと、彼女にも言っただろう？　僕のいないところで、そういうのやめてくれる？　彼女に対して、そんなつもりはないし」

「好きなのに、結婚は考えないのか？」

「彼女が考えないだろ？　まだ二十四だ」

「だったら楓が考えろよ。篠原さんは人柄も問題ないし、アースリー副社長の妹というのは大きい。おまけに、綺麗でスタイルもいいなんて最高だろ。楓と一緒にいて見栄えがするしな」

優喜の考えは政治的だ。弁護士じゃなくて、政治家にでもなればよかったのにと思う。

「会社のことを思う優喜の考えには、いつも頭が下がるよ。どうして君は、僕の下にいるわけ？」

「俺は経営者には向いてない。それに、俺には、お前みたいなセンスもないからな」

そうして笑って、楓を見た。

「俺はお前に、人生を賭けたんだ。必ず成功させるし、会社だって成長させる。そのためには……

結婚相手をちゃんと考えてほしいと思ってる」

確かにここまで会社が大きくなれば、付き合う相手も結婚する相手も、考えなければならないだろう。でも、愛への気持ちに、そんな打算的なことを絡めたくなかった。

「優喜の言いたいことはわかる。けど僕は、そういう考えが嫌いだ。……それに、彼女がアースリーの篠原副社長の妹だから付き合うわけじゃない」

愛を見た時、素直そうな笑顔に惹かれた。綺麗で可愛くて、実際会って話をして、仕草やその性格が好きだと思った。

なにより、楓が零した弱音に、真摯《しんし》で優しい言葉をくれた。

『奥宮さんは会社が大きくなりすぎた、って言うけど、それは奥宮さんが頑張って、良いものを出し続けてきた結果だから、やっぱりすごいことだと思います』

その愛の言葉に、楓の心がすっきりと軽くなった。何より嬉しさと、これまでやってきたことが報《むく》われた気がしたのだ。

「ま、楓はそうだよな。……そんなお前だから、海里グループがここまで大きくなったんだ。楓じゃなかったら、とっくに潰れてる」

優喜はいつも、楓を心配してくれている。

だから、厳しいことも狡《ずる》いことも言う。

「で、仕事の話だけど、その篠原副社長ですが、日本を離れる前に社長とのアポを求めてきていますが？」

急に秘書の顔で仕事の話を始めた優喜に、楓も頭を切り替えて頷いた。

「予定が合えば、僕はいつでもいいけど」

「篠原副社長にあまり時間がないらしいので、明日の予定で日程を調整しますが、それでよろしいでしょうか」

「わかった、任せるよ」

承知しました、とにこりと笑って背を向ける優喜に、小さくため息。

「あ、そうだ」

優喜がドアのところで振り返り、楓を見る。

「よかったな、楓。あんな若い子と付き合えて」

「いつも一言多いんだよ」

呆れたように言い返すと、彼は笑って社長室を出て行った。

彼女と付き合うことになったのは昨日のこと。

もう少し話がしたいと言った愛を、自分のマンションへ連れて行った。

女性を家に上げたのは初めてだった。これまで付き合いのあった女性とは、いつも外で会っていたから。そして楓も、家に来るか？　というフレーズを女性に対して使ったことがなかった。

家に来て、目を輝かせてプラネタリウムに感動していた愛。そんな素直で可愛い彼女に、気持ちが抑えきれなくなったのは楓の方。

衝動的にキスをしてしまった後、まだ付き合ってもないのに、と少しだけ後悔した。

すぐにでも彼女に触れたくなる気持ちをどうにか堪《こら》えて、きちんと交際を申し込む。愛から了承を得た時、心底ホッとしたし、嬉しかった。

そして、結局彼女の唇の感触が忘れられず、もう一度キスをして――

「思い出すと、ヤバイ」

やっと口説《くど》き落とした好きな人。だけど、おそらく愛は初めてだろう。無理強《じ》いはしたくないし、彼女のペースに合わせるつもりだが……しばらくそういう方面は、ご無沙汰だったから。

愛の身体に触れたい気持ちを、自分はどこまで我慢できるか、と思う。

想像の中の愛が楓に笑いかける。

「ああ、ヤバイ……ごめんね、愛さん」

頭を抱えて、本当にしょうがないと思いながら、愛の服の下を想像してしまう。

服の上からでもボリュームのある胸だとか、細くくびれた女性らしい腰のラインとか。

優喜があんな話をするからだ、と勝手に秘書のせいにして。

明日、愛の兄と会うことを考えて、今更ながらに緊張してきた。

まだ将来のことなんて考えられる関係ではないが、こんなに出会いから惹かれた女性は愛だけなのだ。

世界的にも名の知れた大企業の副社長の妹。

年も離れているし何かと反対されそうだが、いろいろと覚悟を決めようと思う。

愛のことを諦められるはずもないのだから。

12

年末は忙しいと言うけれど、本当にあっという間に時間が過ぎていく。

愛は今、海里グループのトラベルデスクに週五日出向している。だけど、急に別の仕事が入ったから余計に忙しくなった。

愛の勤めるエールトラベラーズは、最近アメリカに小さなオフィスを持つことになった。オフィスと言っても普通のマンションの一室だが。愛は一週間ほど、そこの手伝いに行くことになったのだ。

そして、せっかくアメリカに行くのなら、一度くらい壱哉たちの顔を見に行こうと思った。二人はもうすでに転勤、転居をしており、写真で見る限りでは素敵な家に住んでいる。

兄夫婦がアメリカへ行ってすぐ、比奈の妊娠がわかった。大好きな壱哉と比奈に赤ちゃんができたと聞いて、自分のことのように嬉しかった。

もちろん、初めて付き合うことになった彼とは、頻繁に連絡を取り合っている。

けれど、お互い忙しいこともあり、彼の部屋でキスをして以来一度も会えていなかった。

アメリカへ行く前に電話して、一週間と少し日本を離れること、次に会えるのは、たぶん海里グループの社員旅行だろうと伝えた。

『気を付けてね、愛さん』

優しい声でそう言ってくれた彼に、愛は早く会いたいと思ったのだった。


「優雅ね、愛。仕事とはいえ、日本と海外を行ったり来たりなんて」

私も旅行会社で働きたい、と零した友人は、愛を見て思わせぶりに笑う。

日本に帰ってきた愛は、久しぶりに美晴の家でお喋《しゃべ》りに花を咲かせていた。

「ちゃんと付き合うことになったのねー、あのカッコイイ人と。奥宮さんだったっけ？　で、彼の社員旅行には、愛も行くんだって？　何それ、仕組まれてるわー」

「仕組まれてないよ。もともと奥宮さんは、お正月のプランだったんだから」

ふーん、と言って紅茶のお代わりは、と言うから無言でカップを差し出した。

美晴も就職してから一人暮らしをしている。新たな紅茶を注《つ》いでもらった愛は、カップに砂糖とミルクを入れて一口飲んだ。

「まさか、愛があういう人と付き合うことになるとはね」

「そうかな？」

でも、美晴の言う通り、最初は、彼と付き合うことになるなんて思ってもみなかった。

なのに、会って、その表情や声を聞くたびに、ドキドキして彼のことばかり考えるようになって。

彼の明るさとか、前向きさ。緊張すると敬語になってしまう人間味のある部分。彼のことを知れば知るほど、その全てが愛の心に響いたのだ。

「もう、キスくらいした？」

「え⁉　……あ、まぁ、それなりに」

語尾が小さくなってしまったのは、思い出したから。

初めて触れた奥宮の唇は、柔らかくて温かかった。

一度目のキスは軽く触れるだけ。二度目のキスは、唇全体を啄《つい》ばまれるような優しいキス。

ぴったり合わさった唇を離される時、なぜか喪失感を覚えて……

それを埋めるように、愛は伸ばされた彼の手に引き寄せられ、奥宮の胸の中に抱きしめられる。

そうして、彼の心臓の音を聞いていた。

ドキドキしっぱなしの愛と同じように、奥宮の心臓の鼓動も速いリズムを刻んでいた。

奥宮が愛に対してそうなっているのだと思うと、さらに好きだという気持ちが湧き上がってきて。

こんなの、初めてだった。

「ちゅーは済んだのかぁ、じゃあ次はアレだね！　ほら、これあげる」

パラパラ、と音を立てて美晴の手から三個、四角いパッケージが落ちてきた。それが何か気付いた愛は、赤い顔で首を横に振る。

「い、いらない！」

「なんで？」

「そんなこと、まだしないし！」

「だって、キスしたんでしょ？　だったらいつするかわかんないよ？　男ってエッチなスイッチ入るの、いきなりだったりするんだから」

美晴は愛と違って、とても異性交遊が盛んなタイプ。もちろん遊んでいるというわけではないけれど、こと性関係に対しては、オープンな方だ。

だからって、とテーブルの上にあるパッケージを見る。中身は言わずと知れたコンドーム。

「愛はさぁ、私のことエッチな女って思ってるでしょ？　でも、愛が奥手すぎるだけだからね。これくらいで顔赤くしないでよ。女の子だって、自分でこういうの持ってないと。避妊考えない男っているんだよ？　私の彼も、実はゴムしたくない人」

美晴はいつも、姉のように厳しく優しく愛を見守っている。

「美晴の彼、そんな風に見えないけど」

「見えないでしょ？　草食系の真面目リーマンぶって、やることがっつりの男なんだから」

そうなんだ、と熱くなった頬を自分の手で包む。

「あのカッコイイ王子様だって、男だからね。愛も遠からず、彼と裸の付き合いをするんだよ？」

「ちょっと、ちょっと待って、美晴。あのね、私、まだそういうの、あんまり考えてないっていうか。いや！　ちゃんと考えるけど！　もうっ……想像するだけで、バカになりそう。……大体、奥宮さん、私とそういうことしたいって、思ってるのかな？」

にこにこした眩《まぶ》しいくらいの王子様なので、なんとなく清廉《せいれん》そうに見えてしまう。

「思ってるよ、男だし」

スパーンとはっきり男だし、と言われれば、そうかと思わなくもなく。でも、まだ付き合う、と言葉で交わしただけで、ほぼ何もない状態なのに。

「……確かにそうかもしれないけど、なんか、それだけって、思いたくないっていうか……」

「そうね。男は男はって、言いすぎたわ」

ごめん、と言って、美晴が愛に笑みを向ける。

「私も初めはさー、あんまり好きじゃなかったんだけど、今の彼としてから、好きになったかなぁ。自分から本気になって、相手も私のこと好きでっていう人とのエッチは、やっぱり特別なのよ」

いつも美晴は愛に対して恋愛のあれこれを言うけれど、まったく悪意はなくて、いつも愛を心配して必要な言葉を言ってくれているのだ。

「だからね、愛。初めてが痛くても、我慢するんだよ」

これってガールズトーク、というやつなんだろうけれど。愛にはまだそこまで免疫がないので。

「美晴、なんか余計な知識は、入れたくないなぁ……」

確かにいつかは、と思うけど。でも、そのことばかり意識するのもどうなのだろうか。

「そうね、ゴメン。でも、よかったね」

「……ありがと」

そう言うと、美晴は満面の笑みを向けた。

でも、帰り際に持って帰れと言われた四角のパッケージは、結局持って帰らなかった。

美晴は唇を尖らせたけれど、持って帰れるわけない。

だって奥宮とはまだ、そういう雰囲気はないのだから。

たぶん。

☆　☆　☆

そうして迎えた、十二月二十一日。

「私、初めて同行するので、衣通姫さんが一緒で嬉しいんですけど……まさか、村岡社長も一緒とは思いませんでした」

「ふふ、これから一週間、よろしくね愛ちゃん。それと村岡さんの目的はゴルフよ。奥さまとお子さんは、南国のクリスマスを楽しみたいんだろうけど。なんかねぇ、意気投合したみたいなのよ」

「え、誰とですか？」

「奥宮社長のお父さん。スーツを作ってもらったのが縁で、仲良くなったらしくてね。真夏のクリスマスをゴルフして楽しもうって、二人で意気投合したんだって」

「……二人って、社長と奥宮さんのお父さんがですか？」

まさかエールトラベラーズの社長と、奥宮の父が意気投合しているなんて思いもしなかった。

「そうよ。だから奥宮社長、お正月プランからクリスマスプランに変更させられたらしいのね。ところで……ねぇ愛ちゃん、今、奥宮さんって言った？」

愛たちは、飛行機が出発する二時間前に空港に着いて、ツアーの打ち合わせをしていた。気付けば、ここに来てから一時間以上経っている。すでに、ぽつりぽつりと海里グループの社員たちが集まって来ていて、集合場所で時間を潰している。家族連れだったり、友人と一緒だったり、カップルだったり、いろいろだ。

「言いましたけど……」

「いつ仲良くなったの？　奥宮社長と」

にこりと綺麗な顔が笑う。

愛の立場上、奥宮のことは「奥宮社長」と呼ぶのが正しいのかもしれない。だけど、出会ってからずっと奥宮さんと呼んでいたし、先日付き合うことになったから、つい……

「あ……うーん、それは……」

「もう、歯切れ悪いなぁ。でも、仲良くなったのは間違いなさそうねー」

笑顔の衣通姫を見て、うう、と言葉に詰まった。

「い、衣通姫さんは、旦那さんと過ごさなくていいんですか？　クリスマスですよ？」

愛は話題を逸《そ》らそうと、質問してみる。

「あー、なんか忙しいみたいで、アースリーのアメリカ本社に出張中。今年は一人で寂しいクリスマスになりそうだから、村岡さんに頼んで同行させてもらったんだ。……愛ちゃんと楽しもうと思ったけど、奥宮社長と仲良くなったなら、私はお邪魔かもね」

綺麗な顔が思わせぶりな笑みを向けてきた。愛より年長で大人の衣通姫からは、簡単に話を逸《そ》らせてもらえないらしい。

「で、いつから仲良くなったの？　名刺交換の後、連絡を取るようになったきっかけは？　やっぱりトラベルデスク？」

　立て続けに質問されて、愛はしどろもどろになって頷く。

「……あ、はい、ですね」

　ほんとは違うんだけど、今更それを言うこともできないし、と思う。

「よかった。奥宮社長、すごくいい人だし、愛ちゃんとお似合いだと思ったのよね」

　そうして衣通姫は、腕時計を見た。時計は集合時間の三十分前。そろそろ点呼を取り始めるかな、と衣通姫が呟いた。

「それがあの、まだ、奥宮社長の姿が、見えないようなんですけど」

　あれだけ目を引く人なら、来たらすぐにわかると思うのだが……

「あらら。村岡さんは、もう来てるのにね」

　連絡を取ってみた方がいいか話し合っていると、こちらへ男性が近づいてくる。

「すみません、奥宮は少し遅れると思います。どうやら、彼の父親が時間を間違えていたようで、用意がまるでできていなかった、と連絡がありましたから」

　肩を竦《すく》めて愛の方を見たのは、奥宮の秘書の柘植だった。

「すみませんが、もう少し待ってもらえますか？　篠原さん」

「もちろんです。ギリギリまでここで待っていますので、時間になったら先に搭乗してください。大丈夫ですよ、柘植さん」

　笑みを向けてそう言うと、柘植も笑みを返した。この人は、あまり好きではない。

たぶん悪い人じゃないとは思うけれど、愛にあれこれ言ってきた経緯があるから。

「自分は奥宮の秘書ですし、友人でもあるので一緒に待ちますよ。コラリーもいいだろ？」

そう言って彼は、傍にいた女性に声をかけた。

「……あ！」

思わず声を上げた愛に、柘植がこちらを見て首を傾げる。すると、柘植の傍にいた彼女が、愛に向かって指をさす。

「あ、シリーが持ち帰った人だ」

柘植の横にいるコラリーと呼ばれた綺麗な女性には、以前会ったことがあった。

街中で偶然奥宮と再会した時、彼の隣にいた女性。別れ際に奥宮の頬にキスをしていたハーフっぽい人だ。

『彼女は、仕事仲間というか、友人です』

あの時、奥宮は愛にそう説明したけれど、すぐには信じられなかった。それは彼女が、奥宮の隣にいても遜色《そんしょく》ないくらい美人だったから。

「持ち帰った？　楓が？」

シリーという人は知らないが、楓は知っている。ちなみに、奥宮楓から持ち帰られたことなんて一度もない。

「持ち帰った？　愛ちゃんを？」

そう言ったのは、上司の衣通姫だ。彼女は、愛とコラリーという女性を交互に見る。

「持ち帰られてないですよ！　いきなりなんてこと言うんですか！」

慌てて否定すると、衣通姫が訝《いぶか》しげな目で愛を見てきた。

「えー、持ち帰られてたわよ。シリーがあんなことしたの初めてだから、ちゃんと覚えてるもの。一緒にいた私を一人で帰して、あなたを連れて行ったじゃない。あなた、シリーの彼女？」

「そんな事実はありませんよ。っていうか、シリーって誰ですか？」

「シリーはシリルよ。シリル・ラロー」

シリル……そういえば、どこかで聞いたことがあるような、と愛は首を傾げる。

「コラリー、きちんとフルネームで言えよ。シリル・ラローなんて、ここじゃ誰も知らない。奥宮・シリル・ラロー・楓。それが楓のフルネームだ。それで、篠原さんは、楓に持ち帰られたことがあるわけ？」

柘植が、最後に会った時みたいな砕けた口調で愛に尋ねてきた。

奥宮・シリル・ラロー・楓――

そういえば、彼をシリルと呼んでいた人がいたのを思い出す。最初に彼と食事に行った、隠れ家みたいなフレンチレストラン。そこで奥宮は、シリルと呼ばれていた……

「どうなの？　篠原さん」

「だから、持ち帰られてません。変なこと言うのやめてください！　あの日は、バーに誘われて飲んだだけです」

「なんだ、そうなの？　シリーを見て泣いてたし、シリーはあなたのこと好きな人って言ってたから、てっきり」

「え……？」

なんだそれは、と思って瞬《まばた》きをする。

まだ出会って二度目くらい。いや、初めて会った兄の結婚式の二次会をカウントすると、三度目だ。そんな時から、奥宮が愛のことを好きだったなんて知らない。

あ、でも……と、その後バーで口説《くど》かれたことを思い出した。

『連絡先を、教えてもらえませんか？　友達からでいいので、僕と付き合うことを、考えてほしい』

彼の言葉が蘇《よみがえ》り、じわじわと愛の顔が熱くなってくる。

「わ、私は奥宮さんを見て泣いたわけじゃないです！」

「うっそ。私、てっきり誤解させて泣かせちゃったと思ったから、早く彼女のところに行ってあげてって、シリーに言ったら笑ってたけど？　彼女じゃないの？」

あの時は、失恋を決定的にしたジュエリーショップの前で、なんだか悲しい気分になったのだ。

そんな時、偶然、奥宮が愛の目の前を通りかかって……

「いや、あの、今は彼女ですけど、あの時は違いますし……お持ち帰りなんて……」

ごにょごにょと、小声で話したつもりが、近くにいた上司と愛の雇い主の社長には、しっかり聞こえてしまったようで。

「……おーい、篠原愛ちゃん、それってホントの話？　奥宮社長と、いつの間にそんなロマンスを始めてたわけ？」

横から聞こえた低い声。聞き慣れた村岡の声だった。

「あ、社長っ、いや、あの……そんな、ロマンスってほどではっ」

「ロマンスじゃん。いつの間に、そんな接点ができたんだ？　……ああ、あれか？　もしかして愛ちゃんの兄ちゃん絡み？　確かトレジャーホテルのレストランの仕事してたよな？　奥宮社長」

日本アースリーの支社長兼、本社副社長を務める兄の篠原壱哉。愛がその妹だということを、村岡は知っている。

「えー？　じゃあ、もしかして愛ちゃんあの時、はじめましてじゃなかったの？　はじめましてって、言ってたじゃない」

「あ……う……あのっ」

何か言い返さなくてはと思うけれど、上手《うま》く言葉が出てこない。

大体、ロマンスなのだろうか、奥宮とのあれこれは。

こんなところで、彼女です、なんて言ってしまったのは失言だった。この後、何を言っても、疑われてしまうに違いないから。

愛がクリスマスプランの同行者だから、奥宮は旅行の日程を変えた、とか。

お持ち帰りはされていないが、二人で飲んでいた時に、何かあったんじゃないか、とか。

「すみません、遅れて！　時間、間に合いましたか!?」

言葉に詰まる愛に注目していた人たちが、こちらに向かって走ってくる人に注目する。

「噂をすれば、楓登場ってか」

面白そうに言う柘植に、奥宮が息を整えながら、綺麗な目を瞬《またた》かせた。

「は？　なに？　ごめん遅れて」

奥宮は自分が注目されている理由が、遅刻をしたせいと思って周囲を見回す。

「シリーってば、彼女とクリスマス過ごしたかったのね。言ってくれれば、ハワイでクリスマスパーティーする、なんて言わなかったのに」

「……は？」

首を傾げる奥宮に、もう、と言って奥宮の肩を叩く美人は、ねー？　と言って柘植を見る。

「コラリー、お前、喋《しゃべ》りすぎだから。とりあえず、飛行機乗るぞ」

「あん！　なによ、優喜！　私、何か悪いこと言った？」

柘植に引っ張られて、美人が文句を言いながら搭乗ゲートをくぐる。

「あの？　何か？」

いつもの王子様スマイルで、奥宮は周りを見る。最後に愛を見て止まるから、村岡と衣通姫も愛を見た。

「す、速《すみ》やかに搭乗を始めてください。時間が迫っておりますので……社長も、早く乗ってください！」

愛が村岡の背中を押すと、にやりと笑って、愛を見る。

「いやー、いい酒の肴《さかな》ができたなぁ」

あーもう、うるさいよ、と思いながら、搭乗ゲートの方へぐいぐい押す。

どうやら、村岡の奥さんにも聞こえていたのだろう。愛と目が合うと、小さく笑って頭を下げ、子供の手を引いて飛行機へ向かっていった。

「奥宮社長も、速《すみ》やかにお願いします」

精一杯の営業スマイルを浮かべると、にこりと笑って、遅れてすみませんでした、と頭を下げて飛行機へ向かう。

海里グループの関係者全員が乗り込んだのを確認して、愛は最後に衣通姫と搭乗ゲートをくぐった。

「愛ちゃん、時間はたっぷりあるから、ちゃんと聞かせてね」

「……う、はい」

なんだか衣通姫の言葉が怖かった。

実は、はじめましてじゃなかった、というのがバレただけだけど……

ここは、何を言われてもごめんなさい、だな、と思った。

ため息をつきながら、愛は衣通姫の後ろをついて通路を歩いた。

13

無事離陸した機内で、愛は隣の席に座る衣通姫を見た。

長い足を組んだ七分丈のパンツスーツの裾《すそ》から、綺麗な足首が見えている。

「衣通姫さん、足、綺麗ですね」

「愛ちゃんの方がスラッとした足してるじゃない。膝から下が長くて、今どきの体形って感じ。若いっていいなぁ」

若いと言っても、衣通姫とは五歳しか変わらない。だが、以前それを言ったら、「五歳って大きいから！」と怒られたので、もう口には出さないが。

「愛ちゃんが、私に嘘ついたなんて、酷いわ。まさか、奥宮さんと初対面じゃなかったなんて」

離陸後、機内のシートベルト着用サインが消えたところで、ようやく衣通姫は口をきいてくれた。

「すみませんでした。ただあの時は、ああ言った方がいいかと思って……奥宮さんも、そうしてくれたし」

気まずそうに言うと、衣通姫はため息をついた。

「なーんだ、紹介する必要なかったのね。でも、結果的に二人が付き合ってるんならいいわ」

そう言ってくれる衣通姫を見て、愛は申し訳なく思ってしまう。

「最初に会ったのはいつ？」

初めて会ったのは、Ｄｕｖｅｎｔというレストランだ。サプライズで開かれた、兄の結婚式の二次会。

あの時は、ただ挨拶《あいさつ》をしただけで、それ以外の話は何もしていない。

「今年の、八月です。兄の結婚式の二次会で、挨拶《あいさつ》されて」

「あ！　そっか……Ｄｕｖｅｎｔだったよね。奥宮社長のレストランじゃない……だったら、奥宮社長が挨拶《あいさつ》しに行くのも当然よね」

そっかぁ、と一人で納得するように言っている衣通姫に、愛はため息をついた。

「でも……正直、次に会うまで、すっかり忘れてましたけどね。声をかけられても、すぐには思い出せなくて……」

「あんな印象的な人の顔を、忘れてたの？」

心底驚かれて、あはは、と笑うしかなかった。

だって本当に、忘れていたのだ。こんな外国人みたいな人、知り合いにいたかなぁ、と。

あんなに印象的なのに、すっかり忘れてしまっていた自分は、確かに変だと思う。

「その後、二ヶ月くらい間が空《あ》いて……友達の結婚式の帰りに声をかけられて……名前を聞いて、そういえば会ったことあったなぁ、なんて」

「失礼ねぇ。ウチの会社とも、縁のある人なのに」

「海里グループの社長って……知らなかったんですよ。Ｄｕｖｅｎｔのオーナーって紹介されたし、壱兄も、他に数店舗お店を持ってるとしか言わなかったから」

「まぁ、確かに、奥宮社長って顔出しほとんどしてないから……それにしたって、酷いわぁ」

酷いと言われて、心配になる。

でも覚えていなかったものは仕方ないと、愛はため息をついた。

「でもそれで、はじめましては、奥宮社長に失礼だったと思うけど」

「はい、反省してます」

衣通姫に紹介してもらった時、咄嗟《とっさ》にはじめましてと言ってしまった。悪かったと思った。奥宮の顔から一瞬笑みが消えたから。

「まぁ、今更だけどね。でも、だめよ。人の顔をきちんと覚えるの、必要なことなんだから。ウチの会社にも常連さんはいるのよ？」

「はい」

衣通姫から言われて、本当にそうだな、と思って落ち込む。

「いつから付き合うことになったの？」

「さい、きんです」

「……仕組まれてるわ。奥宮社長、愛ちゃんが同行するから、旅行の日程変えたんじゃないの？最初はお正月プランだったのに」

「みんなにそう言われそうですけど、それならどうして奥宮さん、お父さんと一緒なんですか？」

「それもそうね」

そして衣通姫は、思わずといったように笑った。

「みんなに言われそうなの？　おっかしー」

仕組まれてなんかない。奥宮は父の希望で変更した、と言った。自分が同行すると言うと、話せる時間あるかな、と、残念そうに言っていたと思う。

「私、ハワイには仕事で行くので。自由行動は衣通姫さんと一緒にいますよ」

「そうよね。私も叡智さんとのクリスマス逃したし。じゃあ女同士、よろしく頼むよ？　一人にしないでね？」

「頑張ります！」

「ふふ、どうだかね……奥宮社長のお父さん、ウチの社長とゴルフだからねー。気が付いたら奥宮社長とツーショットってことにならないか心配……」

気合を入れて言ったのに、まったく信じてもらえてない。

愛はもう一度、頑張ります、と言った。

「はいはい、わかった、わかった」

なのに、相変わらず衣通姫は信じてくれなくて……

そんな風にして、フライト時間は過ぎていったのだった。

☆　☆　☆

飛行機で一泊するのは、普通に疲れる。

機内泊をするならビジネス以上、という兄の言葉が聞こえてくるようだった。だって、本当に肩が凝《こ》ったから。衣通姫は慣れているのか、きちんと枕を持ってきていた。

なるほど、ああすればいいのか……と、ひとつ勉強しながら、愛はツアー客とバスに乗って宿泊先のホテルへ向かった。

宿泊するホテルにはこだわりを、というコンセプトのもと、お客様のホテルはそれなりにグレードの高いところを選んでいる。

ただ同行者である衣通姫と愛は、もっとリーズナブルな別のホテルの個室を取っていた。

ホテルに着いて、お客様へホテルの設備と期間内の過ごし方についての説明をし、カードキーを渡したら、後はフリータイムだ。説明の後、レンタカーを借りる方法とか、いろいろ細かく尋ねられた内容に丁寧に答えたりしたけれど、それも一時間くらいで終わった。

「私たちもホテルに行こうか？」

「そうですね。せっかくハワイなのに、アクティビティができないのが残念です。お仕事だから仕方ないですけど」

「そうね。やっぱりこういうところは、プライベートで来ないとねー。いつも思うわ」

ホテルへ向かうバスから見た風景は、クリスマス一色。あちこちに、サンタのオブジェやクリスマスツリーが飾ってあるのに、見かける人々はノースリーブやタンクトップ、水着を着て歩いているのだ。

衣通姫から、ハワイは海からサンタがやって来るのよ、と聞かされた時には、さすがにカルチャーショックを受けた。

日本のクリスマスは寒いものだから、この風景がなんだかおかしい。

「いろいろ言ったけど、愛ちゃん、ほんとに奥宮社長と行動しないの？」

「しませんよ。向こうも、予定があると思いますし」

「ふーん。奥宮社長、何するんだろうね？　ハワイで」

そう言われて、愛は視線を下げる。

先ほど見かけた彼は、飛行機の中で着替えたのか、半袖《はんそで》のシャツを着ていた。やや細身の白いシャツ。ネイビーのイージーパンツはそのままだけど、足もとはスニーカーから、トングサンダルに変わっていた。均整の取れた身体つきで、腰の位置が高い。当然、足も長いから、どんな服を着てもカッコイイ。

「ハワイだし、海で遊ぶんじゃないですか？」

「何も聞いてないの？」

「聞いてないです」

呆れたように笑った衣通姫は、愛を見て、そのまま視線を後ろに移す。

「奥宮社長、何するんですか？　ハワイで」

少しだけ大きな声で愛の後ろへ向かってそう言った。

驚いて、愛が振り向く。少し離れたところにいた奥宮が、こちらを見て微笑んだ。

奥宮は、父親と秘書と、その婚約者といた。そんなに離れていない場所だったので、衣通姫がスーツケースを引いて歩いて行く。慌てて愛もそれに続いた。

そういえば、同じツアーなのに、出発前に空港で別れてからまだ一度も奥宮と話していない。

空港ではすぐに離れてしまったし、飛行機の座席も奥宮たちはビジネスクラスだったので。

衣通姫には仕事だから、と言ったけれど、できることなら少しは彼と話したいと思っていた。付き合うことになったのに、キスをした日から、彼とは一度も会えていなかったから。

「父はゴルフで、僕たちはサーフィンですよ」

「サーフィン⁉」

衣通姫が素《す》っ頓狂《とんきょう》な声を上げたけれど、その気持ちは愛にもよくわかった。

「似合わないって言いたいんでしょう？」

苦笑してそう言う奥宮を見て、確かに、と思う。

彼は日焼けしていない、白い肌をしているから。

「奥宮は、日に焼けにくいんですよ。これでも、結構長くやってるのに」

そうだよな、とフォローする秘書も苦笑していた。

それを聞きながら、愛は初めて見る奥宮の父をそっと窺《うかが》う。

やっぱり奥宮と似ていると思った。顔立ちはあまり似ていないけれど、骨格というか、立ち姿というか、雰囲気がよく似ていた。奥宮より身長は低いけれど、彼と一緒でシュッとした印象を受ける。目鼻立ちも整っていて、綺麗なオジサマといった感じだった。

「ゴルフをやらせても、息子は下手《へた》で」

「センスなくて悪かったね」

気軽な親子の会話に、胸がくすぐったくなる。愛がじーっと二人の様子を見てると、コラリーと呼ばれていた柘植の婚約者が、オジサマと、声を上げた。

「この黒髪美人の子、シリーのコレだって」

そう言って彼女は、いきなり小指を立てて奥宮の父に言った。

それを見た愛は、ちょっと焦る。

まさかこのタイミングで、と動転しながら、とりあえずその小指を引っ込めてほしいと思った。

「コラリー、お前が言わなくても楓が言うから。あと、その指引っ込めろ」

愛がどうしていいか戸惑っていると、綺麗なオジサマ――奥宮の父が愛の方を見た。

「別にいいじゃない」

柘植に窘《たしな》められたコラリーは、唇を尖らせる。

「楓の彼女、ですか？」

「あ、篠原、愛です……すみません、自己紹介が遅れてしまって」

愛が名乗ると、二人の間に奥宮が割って入る。

「コラリーの言う通り付き合うことになったけど……なんで君はいつもそうなんだ！　もっと空気読めよ」

苦言を呈《てい》する奥宮に対して、言われた方のコラリーはどこ吹く風という感じだった。

「え？　なに？　聞こえないー」

にこりと笑ったコラリーは、愛を見ながら奥宮の父に言った。

「シリーの彼女にしては、かなりいい子みたいですよー」

柘植や奥宮と仲が良いみたいなので、もしかしたらいろいろと愛のことを聞いているのかもしれない。かなりいい子、というのは、どうなんだろう。

普通の二十四歳だと思うのだが。

「楓はよく変な女に付き纏《まと》われたり、髪の毛を切られたりしてたから……愛さん、楓をよろしくお願いしますね」

「は、はいっ」

いきなりお願いされて慌てて頭を下げる。同時に、奥宮の父の言った内容に内心首を傾げた。

変な女に付き纏《まと》われたり、髪の毛を切られたり……？

「ちょっと！　そういう話を、しないでくれるかな？　コラリー！　君は、いつもいつも、本当に……優喜と一緒で一言多いんだよ」

「何よ！　本当のことでしょ？　楓ってばストーキングされて、郵便のチェックとかされてたじゃない。車の合鍵作られて、勝手に助手席に乗ってた人もいたでしょ？　それに髪の毛だって……」

「ストップ！　愛さんの前でやめろ！」

いつになく慌てた様子の奥宮が、早くコラリーを連れて行け、と柘植に言った。

柘植に喋《しゃべ》りすぎだと怒られながら、コラリーが連れて行かれる。スーツケースを引いてエレベーターに向かう二人を呆然と見送ってから、愛は奥宮に視線を戻した。

「イイ男は大変なんですね。でも、今は違いますよね？」

妙に迫力のある笑顔で確認している衣通姫に、奥宮が頭を抱えて言った。

「もちろんです。あれは、昔店に立ってた時にあったことで、今はないです。ほんとに、お父さんもやめてくれる?」

困った顔をしながら、奥宮が疲れたように言う。

でも彼は困った顔も綺麗で、周囲の視線を集めていた。そんな中、愛は、この人の母親は相当美人なんだろうなと、全然関係ないことをぼんやり考えてたりして。

「愛ちゃん、奥宮社長とは久し振りに会うのよね。少し、話していく?」

衣通姫が、奥宮と愛を見てそう言ってくれる。愛は迷うように奥宮を見た。

すると、同じように奥宮も愛を見ている。

「楓、お父さんは先に部屋に行くよ。スーツケース持って行ってやろう」

「いや、いいよ。ゴルフセットもあるでしょ? フロントに預けておくから」

そうか、と言ってじゃあ先に行く、とカードキーを受け取って、行ってしまう。

「じゃあ、私も。先にホテルに行ってるからね」

衣通姫が手を振ってホテルのエントランスを出て行くのを見送ると、奥宮と二人きりになってしまった。

「愛さんたちは、ホテルが違うの?」

「はい。ここから少し離れた場所にあるホテルに、部屋を取っています」

「一緒のホテルかと思ってた……」

なんとなくがっかりしたような表情をしたが、愛は仕事でハワイに来ているのだ。

「私、同行者ですから」

そうか、と奥宮は微笑んで、愛にちょっと待っていてほしい、と告げるとホテルのフロントへ行く。そこで大きなスーツケースを預けて戻って来た。

彼は止める間もなく愛からスーツケースを奪うと、にこりと笑みを向けた。

「愛さんのホテルはどこ？」

「あ……近くです。あの、いいですよ、奥宮さん、私が持つので」

手を差し出すと、その手を繋がれた。初めての手繋ぎに、愛の心臓が跳ね上がる。

「こういうのは、男が持つものだから」

申し訳ない気持ちと、手を繋がれている事実にドキドキする。

ホテルのエントランスを出ると、南国らしい日差しの強さを感じた。

「その恰好、暑いでしょ」

「暑いですよ。でも仕事の時はスーツだから。ホテルに着いたら着替えます」

しばらく歩いて、目的のホテルに着く。

衣通姫と愛はそれぞれシングルの部屋を取っている。チェックインして、自分の部屋へ向かった。

さすがに奥宮たちのホテルと比べるとランクは落ちるが、愛には充分な部屋だ。

一緒に入った奥宮は、スーツケースを置いて窓を開ける。

「ここからは海が見えていいね。僕もこっちのホテルがよかったな」

奥宮は王子様のような外見の割に、結構庶民的だ。前に住んでいたマンションも１ＬＤＫと言っていたし、と思いながら、愛はベランダに立つ奥宮の隣へ行く。

「奥宮さんって、なんか普通ですよね。顔立ちからして、誤解されそうだけど」

「普通だよ。特別贅沢《ぜいたく》が好きなわけじゃないし、車だって優喜に言われなかったら買い替えなかった。家だって、本当は1LDKで充分だったのに」

そう言って、笑顔で肩を竦《すく》める奥宮を見る。

明るい空の下で見る彼の髪は、根本的に日本人と髪質が違うように見えた。量は多いけれど、柔らかそうで細い。

思わず手を伸ばすと、気付いた奥宮が愛を見て瞬《まばた》きをする。

茶色と緑色がほどよくブレンドされた綺麗な目が、よく見えた。

「奥宮さんは、見てるだけでホワッとします。顔立ちも王子様系で、喋《しゃべ》り方が柔らかくていつもニコニコしてて。だから女の子の目がハートになるんですよ。ストーカーはダメだけど……」

そこまで言って、愛は言いすぎたかなと口を閉じる。隣を窺《うかが》うと、奥宮は風に揺れる柔らかそうな髪を耳にかけて微笑んだ。

そういう顔って、本当にトキメクんだけど、と思いながら奥宮を見つめる。

「僕も、初めて愛さんを見た時、目がハートだったけどな。今もハートだけど」

また臆面もなく。

付き合い始めた後も、奥宮は普通に愛を口説《くど》いてくるから困る。

反応に困って下唇を噛むと、奥宮の親指がそこに触れた。

「唇に傷が付くよ？」

彼は指の腹で唇を撫でる。そのまま綺麗な目が近づいてくるから、愛はパチッと目蓋《まぶた》を閉じた。

すぐに期待通りの、柔らかい感触。

触れるだけのキスではなく、唇を挟み込まれるようにされた後、啄《つい》ばむようにして離れる。ほっと、酸素を求めて唇を開いたところで、また唇が重なって口の中に柔らかいものが入ってくる。

「んん……」

それが彼の舌だとわかったけれど、絡みついてくるそれにどうすればいいかわからない。

心臓がうるさくて、自然と奥宮に縋《すが》りついてしまう。それを支えるように、彼の大きな手が愛の腰に回った。もう一つの手は、愛の後頭部を支える。何度か愛の口の中を行き来した舌は、ゆっくりと余韻を持って離れていく。

「ぁ……」

小さく息を出す時に漏れた声。愛はその甘さに気付かなかった。

再び唇を啄《つい》ばむみたいなキスをされ、頬を大きな手で撫でられる。

「キスだけでそんなに可愛い顔をするなんて……その顔は本当に僕にだけ見せてるの？」

どんな顔かなんてわからない。でも、奥宮の言葉で顔が熱くなる。

「……意味わかんない。……あんなキス……付き合ってたら、普通？」

舌を絡めた感触を思い出して、さらに顔が熱くなる。

こういうの、なんて言うんだっけ……

「ディープキス？」

目の中の花がパチリと瞬《またた》く。微笑んだ奥宮が愛の頬を撫でて、乱れた髪を耳にかけた。

「なんだか、愛さんに悪いことを教えてるみたいだけど……恋人なら、普通だよ」

「そ、ですか」

恋愛の経験値がゼロだと、こういう時に困る。

「奥宮さんは……」

「僕は、自分の名前が好きなんだ。だから、奥宮じゃなくて、楓って呼んで」

「え？　えっと、急には……それに、コラリーさんは、シリーって」

「シリルはフランスの名前で、シリーは愛称。でも、僕は日本人だから」

花の咲いた目が、じっと愛を見る。

「楓が本当の、僕の名前」

「あ……、楓さん？」

愛が呼ぶと、奥宮が微笑んだ。

「さん、はいらない。楓でいいから」

「急には、呼べないですよ」

こういう甘い雰囲気には慣れていない。この人は慣れているかもしれないけど、と顔を上げる。

すぐ近くに彼の顔。そうして綺麗な瞳が目に入る。

これまでも綺麗な色の目をした外国人を見たことはある。兄の会社の人とか、兄の友人であるとか。でも、こんな風に花が咲いたような虹彩《こうさい》を持った人はいなかった。

「衣通姫さんが、奥宮さんの目の中にヒマワリが咲いてる、って」

「ヒマワリが？　初めて言われた」

奥宮が自分の目蓋《まぶた》に触れて愛を見る。

「でも私には、ヒマワリっていうより、もっといっぱい花弁がある、どこにもないような花に見えます。黄色っぽいような、緑みたいな……でも茶色で。すごく綺麗に虹彩《こうさい》が散らばっていて……なんかあれ……えっと、なんだっけ」

頭に思い浮かんだものに意識を集中させ、あ、と思いつく。

「万華鏡……万華鏡の花みたいですね」

笑みを向けて奥宮に言うと、目を逸《そ》らされた。

「一応、ヘーゼルだと思っているけど、太陽の下で見ると、いろんな色が混じって見えるかも」

そう言って、再び愛に視線を戻す。

「カレイドスコープ……愛さんの表現は、いちいち可愛い。君のそういうところ、本当に好きだ」

彼の両手に頬を包まれ、愛の目の近くで綺麗な目が瞬《またた》いた。

心臓がうるさくて、呼吸が浅くなる。

「愛って、呼んでも構わない？」

茶色の長い睫《まつ》毛《げ》が触れ合うくらいに近い。

鼻同士が触れ合って、息を詰める。

「……っ、はい」

唇の近くで奥宮、いや、楓が笑う。

そうしてしっとりと重なった唇。愛の鎖骨を撫でた手が、首筋に触れる。その触り方に感じて、キスの最中に息を詰めるから少し苦しい。

心臓というよりも、身体の内側がざわついている感じがする。

「可愛い、愛。可愛くて、困る」

唇を離して囁《ささや》くようにそう言われて、愛は奥宮の胸に顔を埋《うず》めた。

どうしたらいいかわからないと思っていたけれど、自然とできた。というか、勝手に自分から奥宮の胸に顔をくっつけてしまった。

「サーフィンは？」

「明日。愛は明日、何するの？」

「……衣通姫さんと、ショッピング……かな？」

そう言うと、楓の胸に置いていた手を握られる。

「今日はどうしようか。とりあえず、そのスーツ着替えない？　ハワイには似合わないから」

愛はその通りだと思って微笑む。

「バスルームで、着替えてきます」

頷いた楓が、愛の身体を解放する。

スーツケースから服を取り出して、ベランダにいる楓を見た。

それから急いでバスルームに入った愛は、そのましゃがみ込んで持ってきた服に顔を埋《うず》める。

「あー、もう、どうしよう。比奈ちゃんもこういうことしてるのかな？　美晴も？　ヤバいよ」

大きくため息をついて、のろのろと立ち上がる。

そうして鏡の中の自分の顔を見た。赤くなった顔と、やや色の取れた唇。

「キスしたせいだ。奥宮さんに、色、ついてるのかな？」

もう一度ため息をついて、スーツのボタンを外す。

ロールアップのゆったりしたデニム、キャミソールと、七分袖《しちぶそで》のカーディガン。靴は奮発して買った海外ブランドのバレーシューズ。

この恰好で大丈夫かな、と思ってしまう自分が、どこかおかしくて。

肩より下まで伸びた髪の毛を、まとめてポニーテールにした。

バスルームから出ると、ベランダにいた楓が振り返る。

茶色の髪が光に透けて、キラキラして見えた。

「どこに行こうか？」

そう言って近づいてくる彼に、普通にドキドキした。

こんな素敵な人が、愛を好きになってくれたのだ、と。

14

エールトラベラーズのクリスマスプランは、十二月二十一日から二十七日の五泊七日。

滞在期間中は、基本全日フリープランで、二十五日の夕方の便で帰国することになっている。


一日目は、昼の早い時間に着いたので、ハワイを少しだけ散策できた。

散策というより、デートといった方がいいかもしれない。

好きな人と一緒にいるから。

楓が手配したレンタカーでドライブし、最後に寄った水族館を出る頃には日が沈み始めていた。

「こういう風景、なんか懐《なつ》かしい。こんな南国って感じじゃないけど、母と暮らしていた時、海の近くに住んでたから」

砂浜には、まだたくさんの人がいた。もう夕日が沈む時間なのに。

「奥宮さんは、どこに住んでたんですか？」

楓と呼んでほしいと言われたのに、つい奥宮さんと言ってしまった。

けれど、楓と違って愛にはすぐには呼べなさそうだ。それを察しているのか、楓は特に何も言わず話を続ける。

「フランスのニース。全体的に赤っぽい街並みで、海が綺麗。夏になると、普通にトップレスの女性がたくさん歩いてるところ。両親が離婚してからの数年は、そこで過ごした」

「……トップレス、って、普通にいるんですね」

トップレス、というのは上半身裸のアレか。驚く愛に、楓はいるよ、と言って笑った。

「いいところだよ。セレブがバカンスで長期滞在するくらい。……パティシエの母はニースに自分の店を持っていて、同じように自分の店を持つフランス人シェフと再婚した。僕はそれを機に、日本に戻って来たんだ」

海を眺めていた彼がこちらに視線を移す。夕焼けの光を受けて、目の色の印象が変わった。

どうして一人で日本に戻って来たのだろう。

その理由を聞いていいものか、迷いながら見上げると、にこりと微笑まれた。

「母が再婚する時、シリルごめんなさいって言ったんだ。結婚する前に恋人の子を妊娠してたから。母が再婚して、それから、なんとなく自分の居場所を考えるようになって……日本で父と暮らすって言った時も、ごめんなさいだったな。謝らなくていいのに」

海を見て少し遠い目をした楓は、再びこちらに視線を戻す。

「いつか一緒に行こうか？　可愛い妹がいるから」

「妹？」

「僕が十八の時に生まれた父親違いの妹。十五歳で、ひいき目かもしれないけど、美人」

「楓さんは、お兄さんだったんですね」

「一応ね。数えるほどしか会ってないけど、なぜか懐《なつ》かれてる。ジゼルっていう名前で、ダークブロンドにブルーアイズ。外見は母にとても似てる」

ということは、母親はやっぱり美人なのだな、と想像する。楓も王子様のような顔をしているから、妹は王女様系かもしれない。

そんなことを考えながら、愛は真っ赤な夕日を見る。

もうすぐ太陽がなくなるね、と言った楓の目は綺麗なオレンジ色に染まっていた。

楓を見ていると、愛の視線に気付いた彼が微笑む。そして、そっと身を寄せ、軽く啄《つい》ばむようなキスをした。目の前で、綺麗な目が瞬《まばた》きをする。

「楓さんの目、綺麗。いいなぁ、私もそういう目の色で生まれたかった」

綺麗な色の目をじっと見ると、目の中にコンタクトレンズが入っているのに気付く。

「あれ……楓さんって、目、悪い？」

「視力はまぁ、悪いかな。〇・三か〇・二くらい？　乱視も入ってるから。レンズが入ってるのわかる？　ハードレンズだからあまりわからないでしょ？」

なんとなく目の中央が盛り上がっているのを見て、レンズが入っているのだと気付いた。

「眼鏡は？」

「コンタクトを外した時は。でも、コンタクトが楽かな。たまにつけたのを忘れて、そのまま寝たりするけど。……お兄さんは、相当悪いよね？　眼鏡の度が強そうだ」

「壱兄、すっごい悪いです。眼鏡がないと何も見えなくて生活できない、って。私は、裸眼なんですけど、どうしてそんなに目が悪くなるのかな……」

ほんとだね、と言って楓は苦笑した。

「いつの間にか悪くなってた」

「壱兄も同じこと言ってた」

「愛はお兄さんのこと、本当に好きなんだね。話してると、よく篠原さんの名前が出てくる」

これまでずっと、ブラコンと言われ続けてきた愛だ。

壱哉のことを語りすぎだろうか。そう思って小さく、ごめんなさい、と言った。

「どうして謝るの？」

「いや、あの……私、すごいブラコンで。……楓さん、嫌じゃない？　ずっと、お兄ちゃんのことばっかり話す人って引くでしょ？」

『篠原さぁ、兄貴のことばっか話してるけど、そういうの男受け悪いよ。比較してんの？　俺らと』

大学時代、同じサークルの男の子に言われた言葉。

三人の兄たちは素敵な人ばかり。無意識に話していたらしい愛は、不機嫌な顔でそう言われた。

「あれだけ、篠原さんに可愛がられてたら、そうなるのもわかる気がする。愛は、兄として篠原さんたちが好きなんでしょ？」

「そうです。大切なお兄ちゃんですから」

「でもそれは、僕への気持ちとは違うよね？」

そうして笑みを向けた楓が、愛の頬を撫でる。

「兄とは、こういうことはしない」

そうしてまた唇にキスをされる。こんな場所だからか、それを普通に受け入れて。

柔らかくて温かい感触。うるさいくらい高鳴る心臓。

こんな気持ちは、兄に対して感じたことない。

喜んで抱きついた時も、一緒に買い物をした時も。

「楓、さんは、お兄ちゃんじゃないし、こんなことは楓さんとだけです」

にこりと笑った顔。王子様みたいな綺麗な笑顔が愛だけに向けられる。

ドキドキしすぎて、目を逸《そ》らした。

「あの、私、触ってみたかったんですけど」

ん？　と言うように首を傾げる楓を見て、思い切って口にする。

「髪の毛、触ってもいいですか？」

「どうぞ」

愛の手を取って、自分の頭へ導く。

触れると、見た目の印象通り、さらさらとして柔らかかった。

「楓さん、好きです」

素直にそう言って、顔が熱くなる。こういうことを女の方から言ってもいいのだろうか。

自分の口からこんな言葉が出ることが不思議だった。恋愛経験も少ないというのに、もうすでに彼に気持ちが向いているから、スラスラと好きだと言えるのだろうか。

この前失恋した人には言えなかった言葉。好きになった異性は他にもいたけど、これまで自分から好きだなんて言えたことはなかった。

楓の仕草とか言葉とか、愛を見る目。そういうものが、愛を変えたのだろうか。

年上なのに、初めの頃は、緊張して愛に丁寧な言葉を遣っていた楓。

「僕も愛が好きだよ」

胸が苦しい。

恋に時間なんて関係ない。そう思えるほど、急速に惹かれた人。

時々、二人の傍を人が通るけれど、構わず楓とキスをする。

気付けば愛は、自《みずか》ら楓の唇に唇を近づけていた。

抱きしめられる背中と腰。

ここはハワイ。

自分たちを知る人は誰もいないという状況が、愛の心を寛大にさせた。

☆　☆　☆

ハワイに来て四日目。

愛は近場でできる観光を楽しみながら、今日も衣通姫とショッピングをしていた。

その最中に考えたのは、お土産《みやげ》のことと、クリスマスのこと。

「愛ちゃん、奥宮社長にクリスマスプレゼントあげるの？」

「それが、何も考えてなくて……。今、どうしようかと」

「Tシャツとかでいいんじゃない。っていうか、あの人、七分丈のパンツも似合うのね。でっかいサーフボード持って、今日もサーフィン？　コラリーさんはボディーボードだっけ？」

「そうらしいです。普段がビシッとしたスーツ姿だから、カジュアルな服装だと、かなり若く見えますよね？」

仕事ではいつもスーツの楓は、私服はわりとカジュアルな感じだった。

「いつものスーツとかネクタイって、どこのメーカーなんだろ？」

「メーカーじゃないでしょ、あれ。たぶん、お父様が作ってるんじゃない？　村岡さん、この前スーツ一式作ってもらったって言ってたし」

「シャツも、ネクタイも、ですか？」

作ろうと思えば作れないものではない。父親がテーラーだったらスーツもネクタイも何もかもハンドメイドなのだろうか。

「シャツもネクタイも、よ」

衣通姫の言葉に、なんとなく頷いた。

そうなると、別のメーカーのネクタイは、あまり好まないかもしれない。

それに、普段の楓はかなり良いものを身に着けている気がする。愛の給料では、ちょっと……いや、かなり厳しいかもしれない。となると、普段使いの何か……ということになるが。

「ちょっと良いTシャツくらいしか、思いつかない」

ため息をついて、メンズもののTシャツを手に取る。

「衣通姫さんは、旦那さんにどんなプレゼントをあげたりするんですか？」

「んー？　そうね、ネクタイとかカフリンクスとか、眼鏡とか？　あの人、仕事は完璧なのに、なんでかよく眼鏡を失くすの。いつも、どこに置いてきてるのか、見つからないのよね」

衣通姫が夫にプレゼントするものは全て実用的だ。そう思いながら、愛は手に取ったTシャツを見る。

楓には、Tシャツよりもボタンの付いたシャツの方が似合いそう、と思って周りを見て探す。

「シャツって、ハワイじゃアロハですよね……」

「奥宮社長の顔にアロハは似合わないと思うなー。ノーブルだから」

「ノーブルってどういう意味ですか？」

「高貴とか気品ある、って意味。愛ちゃんのお兄さんもそんなタイプよね？　高貴っていうか品がある感じ。あんな大きな会社の副社長だから、自然とそういう雰囲気になるのかもしれないけど。そういうタイプの顔には、ごちゃごちゃした柄って似合わないと思う」

シンプルイズベスト。

確かに、楓の服装はカジュアルだけど形がスマートで、時代を選ばない感じ。

「そうですね」

「選べませんでした、でいいんじゃないの？」

「ですか、ねぇ……」

相手は大きな会社の社長だ。それを考えると、ますます何をあげたらいいのか迷ってしまう。

「そういえば、明日、コラリーさんと柘植さんの部屋で、クリスマスパーティーするんだって。愛ちゃんも行くの？」

それは、楓も行くのだろうか……？

「行ってもいいんですかね。私、何も聞いてないけど……」

「……愛ちゃん、初日に奥宮社長とデートしたんだよね？」

衣通姫に確認されて、こくりと頷く。

楓とは初日に出かけて以降、顔を合わせるくらいで、きちんと会えていなかった。その間も、メールや電話はしてるけど、パーティーについては何も聞いていない。

「来てほしくないのかな」

愛がポツリ、と呟くと衣通姫が頭を小突いた。

「そんなわけないでしょ。言い忘れただけだと思うよ？」

「そ……ですかね？」

「もしくは、二人で過ごそうと思っている、とか？」

そうしてにこりと笑った衣通姫が、愛を見る。

「そんなこと……」

「初めてのクリスマスだからね。あり得るんじゃない？」

衣通姫は周囲に視線を向けた。

「常夏《とこなつ》のクリスマスなんてそうそう経験するものじゃないし、それを彼と一緒に過ごせるなんて素敵じゃない？　この気候に不似合いなクリスマスツリーもクリスマスグッズも、いい思い出になりそう。初めて彼と過ごしたクリスマスはハワイでした、なんてオシャレよね」

愛を見て、微笑んだ。

「私は叡智さんとの初めてのクリスマスは、日本だったけど」

「でも、あの、私、仕事でここに来ているから……」

「一日目からデートしておいて、今更よね？　それに、特にトラブルもないんだからいいんじゃないの？　私たちに聞くことと言ったら、目的の観光地にどうやって行くか、くらいだからね。後は、日本人向けのオプショナルツアー会社が、宿泊ホテルに入っているし」

確かにそうだ、と思って緩く笑う。

同行者といってもフリープランなので、各自、自由にしてもらうのが決まりだ。よっぽどのトラブルがなければ、愛たちに出番はない。

「気になるなら、パーティーに行ってもいいか、奥宮社長に聞いてみたら？」

「はい」

どうして愛だけ誘われなかったのだろう。

衣通姫が言うように、二人で過ごしたいと思ってくれてるの？

もしそうだったら、二人でどんな風に過ごそうか。

レストランとか？　もしくは愛の部屋？

楓はお父さんと一緒の部屋だから、二人で過ごすなら愛の部屋しかない。

そこで、ハワイに来る前、美晴と話したことを思い出した。

美晴の手から落ちてきた、四角いパッケージ。

クリスマスに二人で部屋で過ごしたら、あれが必要なことをしてしまいそうに思えて。

「愛ちゃん、どうしたの？」

「え？」

「なんか顔、赤くない？」

衣通姫が首を傾げて、愛の顔を覗《のぞ》き込んでくるが、絶対言えない。

彼とはまだ付き合ったばかり。

だけど、そういうことに時間なんて関係ないことは、身に沁《し》みて実感している。

「衣通姫さんに、ついて行こうかな」

「わかった。エールトラベラーズのクリスマスは夜七時からだって。村岡さん、私たちにプレゼント用意してくれてるみたいよ。クリスマスに同行してくれたからって。他の社員には内緒ね」

ふふ、と笑って衣通姫が雑貨を手に取った。

何も起こることはないと思いながら、愛も雑貨を手に取る。

それでも、楓とのキスやスキンシップを反芻《はんすう》し、もしもを考えてしまうのだった。

15

エールトラベラーズの三人でクリスマスを過ごすため、小さなレストランで食事をすることになった。もちろん社長である村岡のおごりである。

そして彼は、愛と衣通姫にそれぞれクリスマスプレゼントを渡してくれた。

中身は帰ってから開けろよ、と言われたが、衣通姫は早速開けていた。

彼女のは、人気のあるコスメブランドのアイシャドウだった。

「わ！　可愛い色！　ありがとうございます」

ここで開けるなよー、と言いながらも、しょうがないという表情だった。

「愛ちゃんも開けていいぞ」

半ば呆れたように言われたので、愛もプレゼントの封を開ける。中身は金色のトングサンダルだった。

「可愛い！　ありがとうございます。明日、早速履こうかな」

「二人にだけだからな」

村岡が念を押すようにそう言った。衣通姫と内緒だね、と話し嬉しさを噛みしめた。

三人のクリスマスを楽しみつつも、楓がクリスマスパーティーに誘ってくれなかったことは気にかかる。もしかしたら、内輪だけ、仲の良い人たちだけでするのだろうか。

「そういえば、奥宮社長たち、今日クリスマスパーティーしてるんだったな」

愛は村岡の言葉を聞き、彼もパーティーのことを知っているんだ、と思った。

「奥宮社長から、事前に聞いていたんですか？」

「いや、社長のお父様からだ。社長も渋々だが参加する、と言っていたな。俺も参加していいって誘われたし」

つまり、愛だけパーティーを知らなかったし、誘われなかったのか。なんで楓は言ってくれなかったのだろう、と心が沈む。

「せっかくだし、三人で乗り込みましょうか？」

「いいな、それ」

二人はそう言って乗り気で立ち上がるけれど、愛は自分が行っていいのか迷った。だって、何も聞いていないのだから。

「私は、やめておきます。誘われていませんし」

なんだか言い方が卑屈《ひくつ》だったかも、と反省し、顔を上げる。そんな愛の肩を村岡が軽くポンポンと叩く。

「いいじゃないか、別に。愛ちゃんが行ったって、向こうはなんとも思わないだろう」

「そうよ、サプライズよ。奥宮社長だって、愛ちゃんが来て嬉しくないはずないじゃない」

行こう行こうと二人に手を引かれ、愛は立ち上がる。

本当に行っていいのか迷いながら、愛は二人について行く。

食事をしているレストランから、楓たちが泊まっているホテルはそう遠くなく、歩いてすぐだった。

村岡は勝手知ったる場所のようにホテルのエレベーターを使い、目的の部屋のインターホンを押した。

出てきたのは柘植で、どうぞと部屋に入れてくれた。

そうして愛がパーティーをしているホテルの部屋に入った瞬間、緑茶色の綺麗な目がパチリ、と瞬《まばた》きをした。

茶色の長い睫毛《まつげ》の音がしそうなほど。少し驚いたように。

でも楓は、こちらを見て、にこりと微笑んだ。

そのまま歩み寄ってきた彼は、ワインの入ったグラスを愛たちに手渡す。

しかし、間近で顔を合わせた彼は、どうしてここにいるんだと言いたげな目をしていた。

「愛、どうしたの?」

どうしたのって言われても、と思いながら口を開く。

「会いに来たんです。楓、さんに」

ああ、と頷いた彼は柔らかい髪の毛を掻き上げる。

「どうして、私には、パーティーのことを教えてくれなかったんですか」

愛が少し不快感を込めながら言っても、すでに周囲は楽しい感じで出来上がっていたから、誰も気に留めなかった。

「あ……言うのを、忘れていて……ごめんね、愛」

絶対ウソだ。

綺麗な王子様に、愛は初めての不信感を覚えた。

☆　☆　☆

愛が二杯目のワインを飲み始める頃には、結構みんな酔っ払っていた。だが、そこはいい大人らしく、節度のある会話を楽しんでいた。

お酒があまり強くない愛は、部屋の隅でチビチビと二杯目のワインを飲んでいる。

お酒を飲むのは好きだが、量をたくさんは飲めないので。それにもう、少し酔っぱらっている。

部屋に来て、一時間近く経っていたと思う。クリスマスらしくテーブルにはケーキやチキンも置いてあるけれど、パーティーというより、ただの飲み会のようだ。

「ショッピング楽しんだ？」

そう言って、楓が笑顔で声をかけてきた。

「……楽しみましたよ」

鼻の頭を少しだけ日焼けしている彼を見て、本当にあまり焼けないんだな、と思った。

彼の友達とその婚約者は、しばらく見ないうちに随分こんがりと焼けていたけれど。

「今日パーティーがあるって、教えてくれればよかったのに」

「途中で抜けて、愛のところへ行こうと思ってたんだ……君と一緒に過ごそうと思って」

賑《にぎ》やかな室内で、ぴたりと寄り添っているから聞こえるくらいの小さな声。

「でも、神津さんや村岡さんを誘ってたら、パーティーのことが愛の耳に入るのも当たり前だったね」

失念してた、と言って楓は赤ワインを飲む。

「私に来てほしくなかったわけじゃない？」

愛が見上げて言うと、小さく頷かれた。

「怒ってる？」

「怒ってないですよ。ただ、一緒に過ごすなら、別にここでもよかったのに……。私が来ちゃ、ダメだった？」

拗《す》ねたような言い方をしているとわかっているが、今は普通に言うことができなかった。

「……そんな目、しないで。……愛と二人になりたかっただけだ。コラリーも優喜も、僕が愛と二人でいたら、何か余計なこと言ってきそうで。父もいるし、ね。……愛に、僕の至らないことを喋《しゃべ》られると困ると思って……黙ってて、ごめんね、愛」

愛は目を伏せて、小さくため息をついた。

「楓さんの、至らないことって、なんですか？」

「今日みたいに、好きな人を怒らせたりすることとか。恥ずかしい過去とか……小さい頃の話をし出すと、ネタになるから」

恥ずかしそうに言った彼は頭を掻いた。嘘をついていないのがよくわかる。

楓なりの意図があって愛を誘わなかったことは、不本意だが納得せざるを得ない。

「怒ってませんよ」

もう一度そう言って、ワインを何口か飲むと、頭がクラクラした。

はーと息を吐く。怒ってはいないのに、可愛くない態度を取ってしまう。

「だったら、今から君の部屋へ行ってもいい？　あんまり酔ってほしくないな。二人の時間が欲しいから」

耳元で囁《ささや》かれた声は低く甘い。二人の距離だから聞こえる声。

顔を上げると、楓はじっと愛を見ていた。

愛は無言で彼から目を逸《そ》らして、楓の傍を離れる。

こんな態度を取るつもりはなかったのに、と思いながら、衣通姫と社長の村岡が話しているところへ行った。

「あの、酔って眠くなっちゃいました。……先に部屋へ帰りますね」

実際、先ほどからワインを飲んで頭がクラクラしていて、顔が熱かった。

「気を付けて帰れよ？　ホテルまで送るか？」

村岡の言葉に、大丈夫、と答えると、村岡が笑って愛を手招いた。

「クリスマスプレゼントだ。愛ちゃんには特別に二つ」

そうして綺麗な包装紙に包まれた小さな箱を渡される。

「こっちはジューシーな感じだ。心して使えよ？」

村岡はそう言って、小さな箱を指差す。

「ずるい、愛ちゃんだけ二つですか？」

衣通姫が横からそう言ったけれど、まぁまぁ、と村岡がなだめる。

「愛ちゃんは、初めてのツアーだったんだからいいだろ？」

「よしとします」

衣通姫が言うと村岡は衣通姫の頭を撫でた。なんだかんだ言っても、一番衣通姫を可愛がっている村岡だから、すぐに衣通姫の機嫌も直った。

「愛ちゃん、一人で帰れる？」

「大丈夫です。明日、午後一時に集合だから、きちんと寝ないと」

そうして、一度だけ楓を見て、じゃあ、とパーティー会場の部屋を出る。

下まで送ると言ってついてきた衣通姫が、一緒にエレベーターに乗った。

「奥宮社長と、一緒にいなくていいの？」

「今日じゃなくても、またデートできます」

「……パーティーに誘ってくれなかったこと、怒ってるの？」

怒ってない。ただちょっとがっかりはしたけれど。

でも今は、さっきの楓に対する態度を反省するばかり。

「ここに来るまでは、ちょっとだけ不信感があったけど……なんか、もういいやって」

結局彼の甘い言葉にクラクラしてしまっていた。確かに二人でパーティーに出席するよりも、後で楓が会いに来てくれた方がよかったかもしれない。

でも、きちんと言ってほしかった気持ちがあるので、今度からはそうしてほしいと思う。

「ならいいけど。……後で奥宮社長、そっちに行くんじゃない？」

衣通姫が愛の顔を見て言った。

ホテルのエントランスの辺りでそう言われたから、思わず瞬《まばた》きをしてしまう。

「ああ、なんだ。さっき二人で話してたの、そういうこと？」

ふふ、と意味深に笑った衣通姫に、愛は口ごもった。

「……そ、そういうことって？」

「愛ちゃんってば素直ね。確かにこっちじゃ、うるさくて過ごせないか。早く帰って、奥宮社長を待ってたら？　シャワー浴びてるともっといいかもね？」

ふふ、と笑って愛の背を押してエントランスの外へと促《うなが》す。

衣通姫を振り返ると、衣通姫は愛の頭を撫でた。

「結婚前だから、きちんとするのよー」

多少酔った声でそう言って、衣通姫は愛に背を向ける。

首を傾げつつ、愛は自分のホテルへ歩き出した。

言われた言葉の意味に思い至ったのは、宿泊しているホテルに着いてから。

「や、やだ、そんなこと！」

しないよ、と思いながら愛はエレベーターのボタンを押した。

こういう時に限ってなかなか来ない。

もう一度ボタンを押そうとしたところで、愛、と呼ばれた。

楓の声で。

「か、楓さん」

「追いついてよかった」

そうして王子様スマイル。

エレベーターが来て、一緒に乗り込む。楓を見ると、彼は両手で抱えられるくらいの、箱を持っていた。

「それ、なんですか？」

「愛にプレゼント」

エレベーターが目的の階に着いて、先に愛が降りる。バッグからカードキーを出して、ドアを開けて中に入った。電気をつけて、部屋の中央まで来て振り返る。

「もしかして、プラネタリウムの機械？」

なんとなく、彼が手にしている箱を見た時からそう思っていた。

「そう。気に入ってたでしょ？　何が欲しいかよくわからないし、君が感動してたから」

楓からプラネタリウムの機械が入った箱を受け取った。

村岡からのプレゼントを一旦ベッドの上に置いて、楓のプレゼントを持ってそこへ座る。箱を開けると、楓の部屋にあったのと同じものだった。

「ありがとう！　嬉しい！」

彼からプレゼントをもらえるなんて思ってもみなかったから、嬉しかった。愛の部屋でプラネタリウムをするところを、想像してしまったくらい。

「やっと笑った。笑ってくれてよかった……本当に、今日はごめんね」

愛の目を見て楓が微笑んだ。

「あの、私もごめんなさい。あんな態度取るつもりじゃなかったのに……いくらでも、話す時間はあったのにって思ったら、つい……」

「うん、僕はみんなにプレゼントだけ渡して、パーティーには出ないつもりだったんだ。愛がいなかったら、パーティーには出ていなかった」

それにね、と言って愛の頬に触れる。

「サプライズ、しようと思ってた。いきなり部屋に行って、愛を驚かせたかったな……でも、話した方がよかったよね。これからは気を付けるよ……コミュニケーション下手《べた》でごめんな」

そう言って、楓が苦笑した。

「……プレゼント、サプライズだと思う。これをもらえるとは思わなかったし、プレゼントのこと私、考えてなかったし」

「愛と過ごすだけで、僕にはプレゼントみたいなものだ」

瞬《まばた》きをして楓を見て。

本当に臆面もなく、こちらが恥ずかしくなるような言葉をくれる。

居たたまれなさを誤魔化すように、愛はベッドの上の箱に手を伸ばした。

「こっちはなんだろう。社長がくれたんだけど……」

そう言って、小さい箱を手に取る。軽くて、中でガサガサ音がした。

「ジューシーだって言ってたから、飴かな？」

包装紙を取って、箱を表に向ける。

黄色い箱で、トロピカルフルーツの色と香り、と書いてあって。

「やっぱり飴だった」

愛が言いながら楓を見上げると、彼は大きく目を開けて固まっている。

「え、どうしたの？」

「それ……飴じゃない、な」

そしてどこか困ったように笑った。

「じゃあ、なんですか？　開けてみたら……」

袋を開けようとした愛の手を、楓が止める。

「それ……海外でシェア率の高い、コンドームだよ」

思わず、箱からパッと手を離す。楓の手に移った黄色の小さな箱。それと彼を交互に見て。

『こっちはジューシーな感じだ。心して使えよ？』

だから村岡は安心して使え、と言ったのか。まさか彼も、愛がこれを使うようなことをすると思っていたのか、と顔が熱くなってくる。

ちょっと無理して笑ったと思う。そんな愛に、楓は思わずと言ったように笑った。

「可愛いね、これくらい、のこれくらいでそんなに赤くなって」

これくらい、のこれを人差し指と親指で持って、愛に見せる。

「日本にも、このメーカー売ってるんだな。それともこっちで買ったのかな？」

そうして楓は、平然とコンドームの箱を開ける。まったく躊躇《ためら》いのない彼の様子を見て、愛は大きく息を吸った。

「女の子が好きそう」

にこりと笑う楓を直視できなくて目を逸《そ》らす。

そうすると、楓が愛の身体を引き寄せて、頬にキスをした。

「プレゼント渡せたし、もう行くよ」

愛の頬を撫でて立ち上がる楓を見て、あ、と声が出た。

「ん？　なに？」

「もう、行っちゃうの？　もう少し、話とか……」

しないのか、と思って見上げると、楓は苦笑して愛を見た。

「そうしたかったけど、お互い無理でしょ？」

お互い、と言う言葉を聞いて、少し息を詰める。

心臓がうるさく鳴り始めるのを感じた。そうなったのは、楓の目が少し違うから。

「僕は、その箱を見て愛とそれを使うのを想像したし……、愛は、そんな僕を警戒してる。……日本に帰ってても話はできるよ。また電話するから……服から手、離して」

無意識に楓のシャツを掴んでいた自分の手を見る。でも、その手を離せなくて。

ため息をついて、楓が愛の手を取って、シャツからそっと離す。

離れていく手を咄嗟《とっさ》に握ると、楓が愛を見てゆっくり瞬《まばた》きをした。

「クリスマスに初めてするって、確かにドラマチックだけど、愛はそれでいいの？　初めてでしょ？　僕は普通に君を抱きたいし抱けるけど、愛は後悔しない？」

「……警戒なんて、してないです。……でも、なんか、わかんないんですけど……勝手に、手が動いてしまった」

温かくて大きな手から、手が離せない。

楓の言ったことは、理解していた。

そこまで子供ではないし、愛を抱きたいという楓の気持ちもわかる。

手を離せないまま固まってしまう。その間、楓は何も言わずじっとしていた。

もしかしたら、呆れられてしまったかもしれない……

そう思ったら怖くなって、愛は手の力を抜いた。大きく息を吐いて、手を離そうとすると、逆に強く握り返される。

楓が、手の中の黄色の箱を、枕元に放り投げる。

呆然とそれを見ていた愛の頬が、楓の両手で包まれた。近づいてくる緑茶色の目に、自然と目を閉じると重なる唇。

初めから深いキスをされた。

身体を抱えられて、足が床から離れる。気付けば、柔らかいベッドの上にいた。

唇が離れ、至近距離で名前を呼ばれて目を開ける。

「電気は消す？」

鎖骨を撫でられて、身体が震えた。

「け、します」

知らず声が上ずった。楓は微笑んで、愛の上からいなくなる。そうしてすぐ、部屋の電気が消えた。

瞬《まばた》きをして、いきなり暗くなって、何も見えなくなる。

すぐ近くに、楓の身体を感じる。

首筋を撫でられて、上半身を起こそうとすると、ベッドが揺れた。

「そのまま、寝てて。いい？」

「は、い」

少しだけ楓が笑った気配。

愛の首筋に、楓が顔を埋《うず》める。

頬に柔らかい髪の感触。

温かい手が愛の胸に触れた。

「……ん」

無意識に身体を竦《すく》めて、片膝を立てる。その間に、楓の足が入ってきた。

着ていたＴシャツの裾《すそ》から入ってきた手が、愛の素肌に直《じか》に触れる。

「あ……の？」

「じっとして」

耳元で聞こえた低い声。でも、どこか声色《こわいろ》が違っている。

低くて優しい声なのに、いつもとは違った、艶《つや》を感じて。

下着の上から胸を揉まれて、息を詰める。

ドキドキと、心臓がうるさくて堪《たま》らなかった。

こんなこと、本当にみんなしてるの？

そう思いながら、身体の内側から、何かが込み上げてくる感じに戸惑う。

首筋に埋《うず》めていた顔を上げた楓が、愛の唇にキスをする。

胸を揉む手は止めず、先ほどよりもより身体を密着させてきた。

「愛？」

「はい……っ」

スカートの裾《すそ》が押し上げられて、大きな手に足を撫でられる。

「ゆっくり、愛すからね」

そうして、胸の下着が緩んだ。Tシャツを捲《まく》り上げられて、肌に唇の感触。

「っ……ぁ」

シーツを掴んでいた手が、自然と楓の背に回る。

楓のシャツをきつく掴んで、喘《あえ》ぐように息を吐いた。

「可愛い声」

楓の唇から漏れた息が肌に触れ、ぞくりと震えが走る。

全身が心臓になったと思えるくらい、鼓動が大きく聞こえる気がした。

「楓……っ」

宣言通り、楓はゆっくり愛の身体を愛していく。

堪《たま》らなく優しいのに、苦しくて……愛は息を吐き出し声を上げた。

恥ずかしい気持ちに、身体が鳴る。

まだ先は長いよ、と言われて、愛の目に涙が浮かんだ。

16

「……警戒なんて、してないです。……でも、なんか、わかんないんですけど……勝手に、手が」

動いてしまった、ということだろうか。自分の手を見て、目線を落とす彼女を見る。

そういうところが可愛くて、楓の心を打つ。

そして、愛をそういう対象として見ている自分を強く意識した。

握られた手の白さや、呼吸をするたびに上下する胸を見て、服の下を想像するのは最近よくあること。

今手を出したらきっと最後までするだろう。そう思いながら、繋いだ手を見ていた。

経験のある人を抱くのとは違う。

普通に好きに抱いたら、きっと、無理をさせてしまうはずだ。

今日じゃなくても、また機会はある。急ぐ必要はない――そんなことを考えていると、楓の手を掴む愛の手から力が抜けた。

その瞬間、強烈な喪失感に息が詰まり……彼女の全てに触れたいと思った。離れていく愛の手を強く握って、持っていたコンドームの箱を枕元に放り投げる。

驚いて楓を見上げる愛に視線を合わせ、両手で頬を包んだ。顔を近づけると、ゆっくりと目を閉じる彼女に、堪《たま》らない気分になる。

唇を合わせて、性急に舌を入れる。躊躇《ためら》いがちに迎え入れる愛の舌を捕まえて、互いの舌を絡めた。唇をずらして息継ぎをして、角度を変えながら深く唇を合わせる。

絡めた舌を強く吸い上げ、また絡めて。

そのまま愛の身体を抱えて、ベッドの上に横たえた。しばらく深く唇を合わせてキスを堪能した後、最後に彼女の唇を吸う。水音を立てて唇を離し、今まで触れていた愛の唇を見る。

そこはまるで、グロスを塗ったように濡れていた。

キスのせいで少し息が上がっているのだろう。先ほどより大きく上下する胸を意識しながら、自分を抑えて愛に問いかけた。

「電気は消す？」

鎖骨を撫でて、親指で首を撫でる。滑《なめ》らかな肌は吸いつくような感触。

早く触れたいという欲求を堪《こら》えて、楓は愛の言葉を待った。すごく長い時間のように思えた。

「け、します」

上ずった声から、彼女の緊張が伝わってくる。

楓は愛の上から退《ど》いて、部屋の出入り口に行きカードキーを抜き取った。一瞬で全ての電気が消え、ほとんど何も見えない状態になる。

ベッドの方で、愛が起き上がろうとしている気配を感じて、足早にベッドに戻った。首に触れて耳の後ろを撫でながら、キスをする。そのまま体重をかけて、愛の身体をベッドに倒す。

微かに唇を離して、愛に言った。

「そのまま、寝てて。いい？」

何もしないでいい。ただ、楓のすることを受け入れてほしい。そう言って、逸《はや》る心を抑えて返事を待った。やっぱり待つ時間は長く感じたが、実際はすぐだったのかもしれない。

「は、い」

緊張したような返事に少しだけ笑って、楓は愛の首に顔を埋《うず》めた。

首筋から香る甘い匂いは愛自身のフレグランスだろう。

服の上からそっと胸に触れて、その柔らかさに心地よさを覚えながら少し強く揉む。思った通りの大きさを掌《てのひら》で感じて、重いため息が出た。

「……ん」

小さく声を漏らし身体を竦《すく》める彼女から、緊張を感じたけれど。楓は手を止めずに、胸に触れ続ける。膝を立てた愛の足の間にすかさず楓の足を入れて、逃げられないように絡めた。

Tシャツの裾《すそ》から手を入れて、直《じか》に素肌に触れる。

想像した以上の滑《なめ》らかな感触を指先で感じるとともに、愛が身体を固くするのを感じた。

「あ……の？」

「じっとして」

楓の手を拒《こば》まないでほしい。

逃げないでほしくて耳元でそう囁《ささや》く。楓の言う通り、じっとしている愛が、堪《たま》らなく愛しい。

好意を受け入れてくれているようで嬉しかった。

掌《てのひら》から伝わってくる愛の鼓動も、楓の男の部分を刺激する。下着の上からゆっくり胸に触れると、その鼓動が一際速くなった気がした。

首筋に埋《うず》めていた顔を上げて、愛の唇にキスをする。

胸を揉む手は止めずに、のし掛かるように楓が身体の力を抜くと二人の距離がさらに近づいた。

こんなこと、愛はされたことがないだろうけれど。

「愛？」

「はい……っ」

また上ずった声。それが可愛くて思わず笑う。

「ゆっくり、愛すからね」

自分に言い聞かせるように言って、楓は愛の身体に触れていく。

背に回した手でブラジャーのホックを外して、下着を緩める。そうして下着と一緒にTシャツを捲《まく》り上げた。

目の前に現れた豊かな胸の一番上の部分に唇を寄せて、唇を開いて食《は》むようにして口に含む。

舌で舐《な》めて吸いながら唇を離すと、甘くて可愛い声を出した。

「っ……ぁ」

シーツを掴んでいた愛の手が、自然と楓の背に回る。

楓のシャツを強く掴んで喘《あえ》ぐように息を吐いた。

「可愛い声」

少し声を出して笑って、そんなに可愛い声を出すと抑えが利かなくなるよ、と言いたくなる。

けれど、その言葉を呑み込んで、ゆっくりと、怖がらせないよう彼女を愛す。

「楓……っ」

苦しそうに楓の名を呼ぶのが、本当に可愛い。

感じているのはわかっているけど、これくらいでギブアップしてもらっては困る。

まだ何もしていないから。

「愛、まだ先は長いよ？」

涙が浮かんだその目に唇を寄せてキスをする。

好きな人の身体は、何もかも甘く感じた。

☆　☆　☆

「あ……、楓さ……っん」

Tシャツと一緒に下着を首元まで上げられて、愛の胸が露《あら》わになる。

瞬《まばた》きをして、そこに楓の視線を感じて息を呑む。

咄嗟《とっさ》に、背中に回っていない方の腕で胸を隠した。生まれて初めて男の人に身体を見られて、どうしようもなく恥ずかしい。顔が熱くなって、思わず顔を横に向けた。

微かに笑った楓が、胸を隠した腕にキスをして、そのまま愛の身体を横抱きする。

「愛？　綺麗で可愛い胸を、隠したままするの？」

腕の上で唇が動く。何度も腕にキスをされて、素肌の背中を撫でられる。何度も背中を撫でていた大きな手が、ウエストを撫でてスカートのファスナーをゆっくりと下げた。

そうして、緩くなったスカートを、腰から臀部《でんぶ》にかけてゆっくりと掌《てのひら》を這《は》わせながら、膝の辺りまで下げられる。

それと一緒に、腕の上にあった唇が下りていく。ウエストのくびれ部分、臍《へそ》の横あたり。しっとりと温かい唇が、肌を食《は》むみたいにしてキスをしていく。

彼の柔らかい髪の毛が素肌を滑る感触が、愛の中の何かを刺激した。

「や……っ、ま、って」

楓の手が腰元のショーツに触れ、ゴムを伸ばすようにして指を滑らせる。そのまま脱がされそうになって、慌ててそれを止めた。

「胸は隠さなくていいの？」

咄嗟《とっさ》にショーツを脱がそうとする手を止めたら、隠していた胸が露《あら》わになってしまった。

「だって……っん」

少しだけ声を出して笑って、楓が唇を開いて愛の胸をぱくりと食《は》んで吸い上げる。

もう片方の胸は、大きな手で下からすくい上げるみたいに包み込まれた。そうして優しく弱くゆっくりと揉まれる。

余裕だ。楓は愛より大人な分、言動に余裕がある。

そう思っている間に、腰から太腿へ滑るように動いた手が、愛のショーツを脱がしていった。

膝近くまで脱がされたところで、楓の手を捕まえたけれど。敵わなくて、ショーツが足の上を滑っていく。

心臓がバクバクとうるさい。

部屋は相変わらず真っ暗だけど、次第に目が慣れてきて、部屋の様子はもちろん、近くにいる人の姿も見えてくる。

今の愛が身に着けてるのは、首元までたくし上げられたTシャツとブラジャーのみ。それも、身に着けているというよりも、脱いでいる状態に近い。

愛の目が暗闇に慣れてきたということは、目の前の楓にも愛の身体が見えているはずで。

「あ……あんまり、見ないで」

恥ずかしくて、愛は顔を横に向けて目を閉じる。

「見ないと、愛せないよ？」

「脱いでるの、私だけ……やだ」

ほぼ裸の愛に対して、楓はシャツのボタンを少し外したくらいだ。

「じゃあ、僕も脱ぐから目を開けて」

楓が愛の胸から顔を上げて、身体を離す。横向きの身体を正面に戻されたところで、愛は目を開けた。視線の先で、楓がシャツのボタンを外していく。

少し細身の七分丈のシャツは、左の裾《すそ》に小さなベージュのタグが縫《ぬ》い付けられていた。

メーカーのロゴの入ったタグを見た上司の衣通姫が、なんかあのタグが可愛いと言っていたのを思い出す。

なんでもない無地のシャツだけど、そのワンポイントのデザインがいい、と。

シャツを脱いだ楓は、上半身裸になる。

瞬《まばた》きをした次の瞬間には、楓の手がパンツのボタンを外していた。

ジッパーを下げる音が、やけにリアルに耳に届く。パンツの下はもちろん下着。その中の楓自身は、すでに下着の中で主張していた。初めてのリアルに、息を呑んだ。

それを見てこれからすることを考えて。愛は瞬《まばた》きをして目を逸《そ》らした。

心臓がうるさくて、息が浅く速くなるのを感じる。

「このまま、続けてもいい？」

そんなことを聞かないでほしいと思いながら、ほとんど裸の自分を思う。

「これだけ、脱がせておいて……どうしてそんなこと、聞くんですか？」

「逃げ道を作ってるんだ」

微かに笑いながらそう言って、楓が愛の身体に覆《おお》いかぶさってくる。

「このままだと、僕はもっと恥ずかしいことを愛にするし、コンドームを使うようなこともするよ。……本当にいい？　最後までしても」

ほんとに、そんなこと聞かないでほしい。

ふと、愛が嫌だと言ったら、楓はどうするのだろうか、と思う。

「私が、したくない、嫌だって言ったら、やめるの？」

「やめるよ」

「どうして？」

間髪《かんはつ》を容《い》れずそう言われて、なんでそんなことを言うのだろうと思った。

「愛が好きだから、愛が嫌なことはしないよ」

楓は愛の頬を撫でて、唇に笑みを浮かべる。そうして小さなキスをして愛を見た。

そんな熱い目で愛を見るのに、やめると言う。だから、嫌だなんて言えない。

やめてなんて、言えるわけない。

愛だって楓が好きだから。

「プレゼント」

「ん？」

「クリスマスプレゼント、何も用意してなかったし……楓さんに、私の初めて、プレゼント」

愛が言うと、一瞬驚いた顔をした楓は、くしゃりと笑った。

笑みを浮かべたまま額《ひたい》を愛の額《ひたい》にくっつけて、もう一度小さく音を立ててキスをしてくる。

「すごくドキドキする贈り物だ。ヤバイな、どうしよう、自分を抑えられるかな……」

音を立てたキスの後、そう言ってすぐに深いキスをした。

息継ぎをさせてくれないような、そんなキスをされる。

キスは激しいけれど、愛に触れる手はゆっくりだった。

楓の熱い吐息が聞こえたかと思ったら、鎖骨にキスをされる。そのまま、胸に唇が触れてそこを軽く吸われた。

その間にも、彼の手が内腿を撫でながら、愛の誰にも触れられたことがない場所へ行き着き。

「っ……ぁ……ぅ」

知識では、これから自分が何をされるかわかっている。

でも、実際にされると、かなり恥ずかしい。それに腹部からせり上がってくる、思わず身体を縮めたくなる感覚が愛を甘く苦しめる。

愛の身体の内側に、指が入ってきた。ゆっくりと中で指を動かされて、息を詰める。

楓の背に手を回し、初めての感覚に耐える。

最初は入ったところで指が少し動き、何度か出入りをした。それからさらに奥に指が入ってきて、濡れた音を立てる。

「よかった、濡れてる」

クスッと笑ったその声にも感じてしまう。濡れてるなんて、そんなことを言わないでほしい。

「そんな……や……っ」

楓の指がグッとさらに入ってきて、最奥《さいおう》を刺激する。

思わず、楓の肌に爪を立ててしまった。ハッとして、しがみつく手を拳《こぶし》にして爪を立てないようにするけれど、いつまでもそうしていられるわけではなかった。

どれだけ、そうされていたのか……

「痛くないね？」

何度も頷いて、息を吐くと喘《あえ》ぐような声が出る。

「可愛い声……感じてるね」

楓が微かに笑って、愛の身体を抱きしめる。楓の熱い身体が密着して、愛は大きく息を吐いた。

「熱い……楓さ……っぁ」

胸に感じていた手が離れると、途端に喪失感を覚える。

彼の温度が愛の一部のように思えた。

楓を見ると、四角いパッケージを破るのが目に入った。

瞬《まばた》きをしてそれを見て、彼の動きを追うと自然と楓自身に視線が留まる。

「……っ」

息を詰めたのは、これからの行為を想像したから。

『愛の初めて、痛いの決定だわ』

友達の美晴の言葉が脳裏に蘇《よみがえ》る。

でも、誰だって初めてはあるのだし、と思って大きく息を吐く。

恥ずかしいことに、楓が愛の足を開いた。顔を逸《そ》らしてその恥ずかしさに耐える。もともと速くなっていた呼吸が、余計に速くなる気がした。

そして、愛の隙間に硬い何かが当たる。

「愛……」

そう言って、首筋を撫でる手から、イチゴのような香りがして……

「イチゴ？　……っ……っは、あ……やっ！」

愛の身体に、楓が入ってきた。

『初めてが痛くても、我慢するんだよ』

確かにそれが正解だと思う。それは、わかる。

でも、メチャクチャに――

「っ……痛い！」

何これ、と思うくらい痛い。

こんなに痛いなんて、聞いてないよ、と心の中で美晴に文句を言った。

「やっぱり、痛いよね？　まだ狭いから。……やめる？」

そう言って、楓が愛の頬を気遣うように撫でる。ごめんね、と言う彼の方が、なんだか辛そうな顔をしていた。

「楓さんも、辛いですか？」

「このままだと、辛いけど……僕のことはいいから」

愛は手を伸ばして楓の頬を包んだ。

楓は瞬《まばた》きをして、愛の名を呼んだ。

「……痛いのは、どうにか、我慢、する」

すごく痛いけど、と思いながら、じっと楓を見る。

すると楓は、大きく息を吸った。

「本当に、続けていいの？」

綺麗な王子様のような楓。

そんな彼と付き合うようになって、こんな短期間で、しかもハワイで、こんなことをするまでになって……

こんなに素敵な人が、愛の身体を求めている。いつもと変わらず優しいけど、いつもとは違う男の人の顔で。

「ちゃんと……最後まで、してください」

そう言うと、愛の中に楓が押し入ってくる。

あまりの痛さに、きつく目を閉じて、寝具を掴んで耐えた。

知らない間に流していた涙が、さらに溢《あふ》れてくる。

「泣かせてごめん、でも……すごく嬉しい」

頬を撫でて、顔中にキスをしながら、楓が愛の身体を揺らす。

「愛、全部、入ったの……わかる？」

聞かないで、と思って楓を見る。目の色は一緒だけど、どこか違う気がした。

愛を見る目に、違う色が入っている。

頭を撫でてにこりと笑う表情は、いつもの王子様ではなかった。

もちろん、彼が全てを埋《うず》めきったと言うのはなんとなくわかる。身体の内側に感じる圧迫感。これは彼のモノが入っているからだ。

「そんなこと……っ、言わせないで」

やっと声を出して言うと、優しく身体を揺らしながら楓は笑った。

「ゆっくり愛すって、言ったでしょ？　……だから、ちゃんと愛にも、気持ちよくなってほしいから」

言われた言葉に顔がさらに熱くなる。

確かにゆっくり触れて、初めての愛を気遣いながら優しく抱いてくれている。でもそれが、愛の中の感覚を引き出すためとは思わなくて。

はぁ、と息を吐いて、楓が少しだけ動く速度を速める。

少しずつ、痛みだけではない何かを感じ始めていた。そしてそれが、楓が動きを速めたことで、明確になる。

徐々に引き出される、愛の中の官能の部分。自分ではやり過ごすことができない強い快感。

「も、なんか、変……っ」

「どこが変？」

「わか……んない……っぁ」

「可愛い、愛。……それはイイって言うんだよ」

そうして何度も身体を揺さぶられる。その速度が、速くなる。

「楓さ……」

「うん」

「楓、抱きしめて」

抱きしめて、と言ったら少しきつく抱きしめられる。

普段だったら、自分からこんなこと言えない。けど、今の愛はそれもわからなかった。

「ダメ……っあ！　んー……っ」

「イッて、愛……我慢しなくていいから」

深くキスをされて、身体を揺らされた。胸を優しく揉まれて、背中の中央を撫で上げられる。

痛みはあるのに、それよりも狂おしいくらいの感覚に翻弄《ほんろう》された。

こんなの変だ、と思いながら楓の背を強く抱きしめる。

上半身を起こされて、愛の首に楓がすり寄せるようにして顔を埋《うず》めた時。

彼の背中に爪を立て、引っ掻いてしまう。

「あ……あっ！　……っんん」

背中に爪を立てながら息を詰め、小さく呻《うめ》く。頭が真っ白になって、何も考えられなかった。

向かい合う形で抱き合っていた身体を、ゆっくりとベッドに戻される。

忙《せわ》しない呼吸を繰り返しながら、愛は指先すら動かせなかった。

「よかった……みたいだね」

同じように荒い息を吐いている楓が、愛を見て微笑んだ。

額《ひたい》に手をやって、汗で濡れた髪の毛を掻き上げる。

それを見て息を詰めたのはドキドキしたから。

手も何も動かないのに、今すぐ楓に触れたかった。

じっと見ていると、楓はゆっくりと愛の中から自身を引き抜く。

「あ……っ」

その刺激に、愛の口から小さく上ずった声が出た。

そんな愛に小さく笑った楓は、ゴムを外して愛の隣に横になる。

「手が動かない……」

身体に力が入らなくてそう言うと、彼はクスッと笑った。

「そうだよね……愛の代わりに僕が抱きしめるから」

そう言って、愛を抱き寄せて唇にキスをした。

それだけのことに、再び愛の心臓がうるさくなる。

ぴったりと触れ合った、楓の体温が気持ちよかった。

日本ではない場所で、こんなにもドキドキすることをして。

これから自分は、どうなってしまうんだろう、と思う。

この人が好きすぎて。

☆　☆　☆

好きな人が楓に組み敷かれ、恥ずかしげに行為を受け入れようとしている。

その様子を見るだけで興奮するのに、その声を聞くとさらに楓の心が高揚した。

「あ……、楓さ……っん」

甘い声を出す愛の、楓しか触れたことがないだろう綺麗な胸を見る。

じっと見ていると、愛がそこを腕で隠して、顔を横に向けた。

「愛？　綺麗で可愛い胸を、隠したままするの？」

恥ずかしがる愛に笑みを浮かべて、彼女の腕に啄《つい》ばむようにキスをして白い肌を食《は》む。

何度もそうして、強く吸って痕《あと》を残したい気持ちを抑える。

肌の出る服を着るから、腕にキスマークを付けては目立ってしまうだろう。その代わりに、背中やウエストを撫で回した。

邪魔な布と化しているスカートのファスナーを下げ、緩くなったウエストを撫でながらスカートを下ろしていく。細い腰と、小ぶりながら綺麗に上がったヒップライン。そこに手を這《は》わせていきつつスカートを膝まで下げた。

手に吸いつくような肌の感触にため息が出る。腕にキスしていた唇を下へ滑らせ、ウエストのくびれを通って臍《へそ》の横にキスをした。

白い肌に食《は》むようなキスを繰り返し、服に隠れる部分を強く吸う。唇を離すとそこに赤い痕《あと》が残った。暗闇に慣れた目に、綺麗なキスマークがしっかり見える。

愛の露《あら》わになった胸を見て、下半身はすでにガチガチだった。

「は……ヤバい」

ため息とともに声が漏れてしまうのは、下半身の苦しさもあるが、愛の身体を堪能しているから。

ショーツに手をかけて、ゴムを伸ばすようにして、手を下へ滑らせる。

さっさと脱がせてしまいたい気持ちを堪《こら》えて、ゆっくり下げていくと、その動きを止めるように愛の手が楓の腕を掴んだ。

「や……っ、ま、って」

それが、胸を隠していた方の手だったので、愛の胸が露《あら》わになる。

「胸は隠さなくていいの？」

「だって……っんん」

そのまま胸の頂《いただき》部分を口に含んで、舌を絡めて吸い上げる。もう片方の胸は下からすくい上げるようにして掌《てのひら》で包み、ゆっくりと上下に揉んだ。

愛の口から、あ、と声が出た。それを聞きながら愛のショーツを膝近くまで脱がせたところで、再びその手を愛が掴む。けれど力がまったく入っていないから、そのままショーツを足から抜いた。

戸惑う愛の気持ちもわかるけれど、こっちだって我慢をしている。

もっと性急に愛したい気持ちを抑えていた。

好きな人の裸を前にして、下着の中で張り詰めているモノが苦しい。

「あ……あんまり、見ないで」

「見ないと、愛せないよ？」

「脱いでるの、私だけ……やだ」

可愛いことを言って楓の心を煽《あお》る。

本人に楓を煽《あお》っているという自覚がないから、余計に性質《たち》が悪い。

「じゃあ、僕も脱ぐから目を開けて」

愛の胸から顔を上げて、膝立ちになる。シャツのボタンを外して脱ぎ捨てた。パンツの前を緩めると少し楽になる。けれど、張っているそこはズキズキと痛いくらいだった。

服を脱ぐのを見ていた愛だけれど、楓自身を見て瞬《まばた》きし目を逸《そ》らす。

「このまま、続けてもいい？」

愛のその仕草を見て、この先の行為を考える。彼女が初めてとわかっているが、身体を繋げたら、きっと途中では止められない。

「これだけ、脱がせておいて……どうしてそんなこと、聞くんですか？」

「逃げ道を作ってるんだ」

そう言って、愛の身体にもう一度覆《おお》いかぶさる。そして耳元にキスをして、唇を触れさせながら言った。

「このままだと、僕はもっと恥ずかしいことを愛にするし、コンドームを使うようなこともするよ。……本当にいい？　最後までしても」

「私が、したくない、嫌だって言ったら、やめるの？」

逆に聞かれたので、正直に答えた。

「やめるよ」

「どうして？」

無理をさせたくないから。この状態でお預けは苦しいけれど、愛とはこれからも機会があるから。

「愛が好きだから、愛が嫌なことはしないよ」

頬を撫でて、笑みを向けると、唇に小さくキスをした。

苦しいくらい反応している自身を多少持て余しても、愛が嫌ならやめようと思った。

「プレゼント」

愛の言葉を聞いて、なんだ？　と思った。プレゼントの意味を計りかねて。

「ん？」

「クリスマスプレゼント、何も用意してなかったし……楓さんに、私の初めて、プレゼント」

そんなことを言われて嬉しくない男がいたら教えてほしい。

思わず笑み崩れて、愛の額《ひたい》に自分の額《ひたい》をくっつける。音を立ててキスをしてから言った。

「すごくドキドキする贈り物だ。ヤバイな、どうしよう、自分を抑えられるかな……」

愛の唇に唇を合わせて深く重ねる。何度も角度を変えて、思うまま唇の中を貪《むさぼ》った。

息継ぎなんかさせずに、舌を絡めて愛して。それでも残った理性で気持ちを抑え、ゆっくりと身体に触れていく。唇を離して胸を吸って、内腿を撫でてから愛と繋がる場所に手を伸ばした。

「つ……ぁ……ぅ」

「愛……っ」

身体を縮めようとするのを許さずに、愛の身体の隙間に指を入れた。

楓の背に手を回してそれに耐える愛は、頬を赤くして息を乱している。時折漏れる甘い声に、感じてくれているのがわかって嬉しかった。

最初は慎重に浅い部分で動かしていた指を、深く突き入れる。

「っ！」

しがみつく手に力が入り、背中に爪を立てられた。けれどすぐに手を丸くして爪を引っ込める。

きっと楓の背に爪を立てたのに気付いたのだろう。

「ごめんなさ……っぁ」

うわ言のように謝罪して、甘い声を立てる。

「よかった、濡れてる」

彼女が楓の行為で感じているのが嬉しかった。

「そんな……や……っ」

楓は指を増やして、深いところを愛撫《あいぶ》する。甘い声を何度も上げるのを聞いて、楓を受け入れる部分が充分、熱く潤《うる》んできているのがわかった。

「痛くないね？」

何度も頷く彼女を見て、可愛いと思うと同時に息を詰める。

すでに楓の下半身はガチガチで限界。

でも、まだもう少し。そう思って、愛の首に纏《まと》わりついているTシャツと下着を取り去った。

繰り返し奥を刺激して、愛の隙間から指を引き抜く。すると、また甘い声を上げた。

「可愛い声……感じてるね」

愛の身体を抱きしめて、互いの体温が上がっているのを感じた。

「熱い……楓さ……っぁ」

愛もそう感じたのか、うわ言のようにそう言った。きっと愛は、ここで自分が何を言ったか覚えていないだろう。でも、楓はきっと、一生忘れない。

豊かな胸に触れて、すぐに手を離す。

枕元に放った箱からコンドームを一つ取り出して、パッケージを破る。

愛はぼんやりとその様子を見て、楓の下半身を見た。

「……っ」

腹につくほど張りつめたモノを見て、愛が息を呑んだ。

愛が怯《おび》えた顔をするのに気付いたが、ここでやめる気は毛頭ない。

彼女は楓にくれると言ったから――愛、自身を。

足を開くと顔を逸《そ》らした。頬を軽く撫でて、愛と繋がる部分に自身をあてがう。

「愛……」

名を呼んで、首を撫でてから愛の身体を圧すようにして腰を進める。

匂い付きの避妊具から、フルーツの甘い香りがした。

「イチゴ？　……っ……っは、あ……やっ！」

「……っは」

初めての人はこんなに狭かったか？　と思うほど。

愛の中に上手《うま》く入らないから、身体の重みを使って進めていく。

「ん……っ」

息を詰めて大きく吐き出した。思った以上に快感が強くなる。気を緩めたら、すぐに達してしまいそうだ、と思いながら、愛の足を撫でた。

「っ……痛い！」

涙目で歯を食いしばる愛を見て、楓を受け入れるのは辛いかもしれないと感じた。半分外国人の血が入った楓は、普通の日本人より、大きいから。

痛そうに眉を寄せて、喘《あえ》ぐように息をする愛を見て、自分が酷いことをしているような気になる。

これまで付き合った子には、こんな気持ちはまったくなかったのに。

「やっぱり、痛いよね？　まだ狭いから。……やめる？」

愛の頬を撫でて、頬に伝う涙を拭《ぬぐ》った。

「楓さんも、辛いですか？」

泣くほど痛がっているのに、楓のことを考えてくれる愛が可愛い。そんな風に、気を遣わなくていいのに。

「このままだと、辛いけど……僕のことはいいから」

この状況でやめるのは確かに辛いけれど、愛の方が痛そうだ。だから、愛がやめてほしいと言うなら、やめようと思った。

息を吐いて、愛の身体から退《ど》こうと腕を立てると、愛の手に頬を包まれる。

「愛？」

「……痛いのは、どうにか、我慢、する」

そんなことを言われると、抑えが利かなくなる。大きく息を吸って、昂《たかぶ》る気持ちを落ち着かせる。

愛の上がった息とそれに伴って上下する胸の部分に触れた。

「本当に、続けていいの？」

そう確認すると、愛は楓を見つめたまま頷いた。

「ちゃんと……最後まで、してください」

その瞬間、最後に残っていた理性が吹き飛んだ。

おもむろに身体を起こすと、愛の中に自身を突き入れた。押し込むようにして自身を奥まで入れると、愛の目から涙が零れる。

シーツを掴んで、痛みに耐える愛に罪悪感を抱《いだ》くけれど、込み上げる快感は倍増して。

楓を包む愛の温かさと狭さが、堪《たま》らなく気持ちいい。

「……あぁ」

ため息とともに声が漏れて、その快《こころよ》さに目を閉じる。

「泣かせてごめん、でも……すごく嬉しい」

そう言って、楓は愛の頬を撫でて流れる涙を拭《ぬぐ》った。

気持ちいい。久しぶりに味わう感覚と、込み上げてくる快感。腰を速く動かしたくなる衝動を我慢すると、それが余計に強くなる。

早くイキたい気持ちもあるが、焦《じ》れったいくらいゆっくり、この感覚を味わうのも悪くないかもしれない。

ただ、愛は痛そうだった。だから自分だけでなく、愛の快感も引き出したいと思う。

「愛、全部、入ったの……わかる？」

愛の頭を撫でてそう言うと、忙《せわ》しない息を吐き出しながら、掠れた声を出す。

「そんなこと……っ、言わせないで」

やっぱり可愛い、と笑みを向ける。

愛がきちんと楓を受け入れてくれているのか、自分がちゃんと愛の中を愛せているのか、しっかり聞きたいから。

「ゆっくり愛すって、言ったでしょ？　……だから、ちゃんと愛にも、気持ちよくなってほしいから」

愛の中が少し狭くなった気がして、微かに眉を寄せてため息をつく。

涙を流して痛がっていた愛の表情に、少し余裕が出てきたのを感じて、腰を動かす速度を少し速くした。

「あ……っあ！」

腰の動きを速くすると、こちらの限界も近くなるけど、我慢する。

そのうち、愛の中が少しずつ変化してきたことに気付いた。

抽送《ちゅうそう》の速度に変化をつけて、じっくりと彼女の快感を高めていく。確実に痛さとは別のものを感じているのが見てとれて、楓の身体もより興奮する。

ゆっくりと、相手を気遣ってのスローセックス。なのに、これが思っていた以上に心地よくて。

というか——

「……ハマりそ……っ」

どんな相手と身体を繋げても、ここまで感じたことはなかった。

相性もあるのかもしれないが。

身体だけでなく、可愛い声やその反応、愛の全てに、楓の心と身体がハマっていく。

「も、なんか、変……っ」

おそらく、愛の言う、変とは、強すぎる快感を持て余しているということのようだった。

だったら、もっと変になればいい。

「どこが変？」

聞き返すと、首を横に振って甘い声を上げた。

「わか……んない……っぁ」

いちいち可愛い反応をする。背を反《そ》らして、んー、と甘えたような声を出す。

若くて綺麗な身体が、自分の下で跳ねる。胸を突き出すようにするのが、情欲を掻き立てる。

それを見て、どれだけ楓の心を満足させる気か、と思った。

「可愛い、愛。……それはイイって言うんだよ」

「イイ……っ？」

わかんない、と唇だけ動かして、声にならない悲鳴を上げる。

そういう仕草が新鮮で堪《たま》らない。

彼女は、息を詰めるタイプなのだろうか。声を出しても、小さな猫くらいの声。

だからなのか、もっと乱して大きな声を出させたいと思う。

綺麗な形の胸に触れて、腰を強く突き上げた。そうして、さらに腰の速度を上げる。

「楓さ……」

舌足らずに名前を呼ぶのも可愛くて。

というか、愛は可愛い。これだけ可愛い反応をする彼女が、誰の手にも染められたことがないというのが信じられなかった。楓にとっては良かったが。

「うん」

「楓、抱きしめて……」

そんな可愛いお願いを叶えるべく、強く抱きしめる。そうしながら、さらに腰の動きを速くした。

楓の身体の下で、身動きのできない愛は、少し苦しそうに身を震わせている。

その様子が、さらに楓の心を満たしていって。

「ダメ……っあ！　んー……っ」

「イッて、愛……我慢しなくていいから」

キスをして身体を揺さぶる。ただでさえ呼吸を乱している愛を、さらに高めていく。

胸を優しく揉み上げて、背中を撫でて腰を掴んだ。

愛の身体を抱き起こして、強く抱きしめる。

楓の背に回された手が、爪を立てた。さっきと同じ場所だな、と思っているうちに引っ掻かれた。

けれど、それが気にならないくらい、楓も限界が近くて。

「ぁ……あっ！　……っん」

声を上げて息を詰めて。楓を抱きしめる力が強くなる。

その表情を見て、頬を撫でて、何度か腰を揺らす。そして、愛の身体をきつく抱きしめて、楓も達した。

しばらく抱きしめていた愛の身体を、ゆっくりとベッドに戻す。

力が抜けたように、両手をベッドに投げ出して、忙《せわ》しない呼吸を繰り返していた。

「よかった……みたいだね」

クーラーが効いている部屋なのに、熱くて堪《たま》らない。汗で張り付いた前髪を掻き上げて、大きく息を吐く。

裸で脱力している愛を見て、このままもう一度抱きたい衝動に駆られる。こんなにイイのは初めてだったから、しょうがない。

理性を総動員して自分を律し、愛に笑みを向ける。

そうして、まだ繋がったままの自身を持って、愛の中から抜いた。

「ぁ……っ」

途端に、小さく上ずった甘い声。

少しだけ苦笑して、コンドームを取る。頼むから、そんな声を出さないでほしい。

ダメだよ、と自分の欲求を抑えながら、愛の隣に横になり、そっと腕を撫でる。

愛がため息のような声を出す。

「手が動かない……」

身体を隠そうともしないその腕を取って、自分の背中に回した。

「そうだよね……愛の代わりに僕が抱きしめるから」

軽くキスをして、ぴったりとくっついた肌から、愛の鼓動が伝わってくる。

温かい体温と、頬をすり寄せてくる仕草。

可愛すぎて、堪《たま》らない。

一目惚れをした相手とこんな風に抱き合って、甘い時間を過ごせるなんて。

独占欲で相手を縛りつけるのはよくないと、二十代の頃に学んだ。

だけど、そんな教訓なんてどうでもいいくらい、愛を独占して自分に縛りつけたいと思う。

このままずっと、この腕の中に。

17

長い腕に抱きしめられて、ベッドの上に横になる。布団を引き上げられて、肌の温かさに身体をすり寄せた。クーラーの効いた部屋だから、無意識に温かい身体にくっつく。

「愛？　眠い？」

「んー……眠い」

愛が言った言葉に笑った声が聞こえた。

頭を撫でられた気がした後、傍にあった温もりが離れるのを感じた。

自然と手でそれを追ったけれど、愛の手は空《くう》を切るばかり。

仕方なく目を開けて瞬《まばた》きをすると、ベッドから起き上がる人が見えた。上半身は裸だ。たぶん上半身だけではないだろうけれど。

彼はベッドの下に手を伸ばして、そこから箱を持ち上げた。中身を開けて、出てきたのは黒い球体、プラネタリウムの機械だった。

彼はそれを手に持って、あちこち確かめてから、スイッチを入れる。

次の瞬間、天井にたくさんの星が浮かび上がった。

「どうして、スイッチ入れたの？」

愛は、天井に広がる星々を見てから、ベッドの上に座る人に声をかける。

「足で蹴って床に落としたみたいだったから、ちゃんと作動するかなと思って」

「足で蹴った？」

そういえば、行為の間、何かが足に当たったのを覚えている。

「ベッドの上に置いていたでしょ？　やってる時、どっちかの足が当たったのかも……きちんと動いてよかった」

やってる時、というフレーズに顔が熱くなる。

部屋が暗くてよかった。赤くなった顔を見られるのはなんだか恥ずかしい。

恥ずかしいのは、先ほどまでしていたことを思い出したから。

足を持ち上げられて、身体を開かれた。今まで人に見せたことのない姿を見せたのは、やっぱり恥ずかしい。しかもそれが好きな相手とくれば、なおさらだ。

それに、眠気が覚めたことで、あらぬ場所に痛みを感じてしまった。

『楓さんに、私の初めて、プレゼント』

我ながら、なんてことを言ってしまったのか。思い出したら、別の恥ずかしさが込み上げてくる。

彼はどう思っただろう、と楓を見上げる。

カチリと音がして、星が消えた。一気に暗くなった室内に瞬《まばた》きをして、布団を引き寄せる。

最初は、すごく痛かった。初めて目にした楓のモノは、たぶん、結構大きい方ではないかと思う。

プレゼントしてしまった愛の初めて。

あんなに大きいのが入ったら、そりゃあ痛いに決まってる。けど、と、彼との行為を反芻《はんすう》して。

「楓さんは、こういうこと、上手なんですね」

「ん？」

そうとしか思えない。だって、『痛いの決定』と言われた愛の初めてが、痛いだけで終わらなかったから。確かに、最初は痛かったけど、同時に経験したのはきっと快感というもの。

いろんな場所に触れられて、ゆっくりと身体を揺らされた。

愛の身体が蕩《とろ》けるまで、丁寧に――でもそこで気付く。

布団を引き寄せて、愛は自分の顔を半分隠す。

「愛、どうした？」

優しい声で、顔を覗《のぞ》き込まれる。

「楓さんは、こういうことに、慣れてるんだろうなって」

慣れているのは、きっとそうした経験が豊富だから。

「そんなことないよ」

そうして彼は、愛の頭を撫でて、髪の毛に触れた。

「僕も……余裕なんて、なかったよ」

ちゃんと顔を見せて、と愛がかぶっていた布団を引っ張る。

笑みを浮かべて、愛の顔に楓の顔が近づいた。

「ウソだ」

「本当」

頬を撫でた手に首筋を撫でられた。ぞくりとして首を竦《すく》めると、目の前で楓の長い睫毛《まつげ》が揺れる。

「一目惚れした人がやっと手に入って、身体を開いてくれた……余裕なんてない。自分を抑えるのに必死だった。すぐに暴走しそうで……愛は初めてだからって、ずっと自分に言い聞かせてたよ」

暗いから全ては見えないけれど。笑みを向けて、愛の身体にゆっくりと覆《おお》いかぶさるのが見えた。

楓の重みを感じて、息を詰める。身体の重みが心地よくて、心臓が鳴る。

「好きだよ、愛。……今日は、ありがとう」

瞬《まばた》きをして、どうにか息をして。

「何が、ありがとう、ですか？　私は、何も……」

耳元で楓が微かに笑う。そうして愛の耳元で言葉を紡《つむ》いだ。唇を愛の耳に触れさせせながら。

「プレゼント、嬉しかったよ」

顔が一気に熱くなった。息が苦しくなったのは楓の重みのせいではなくて。

「か、えでさん、苦しい」

「重かった？　ごめん」

愛の上から退《ど》いて、横抱きにされる。

楓の胸に抱きしめられながら、心臓がパンクしそうなほど高鳴っていた。

眠いと呟いた楓が、小さく欠伸《あくび》をする。

「おやすみ、愛。また明日……」

そう言って目を閉じたみたいだけれど。

愛は逆に目が冴えてしまった。でも、彼を起こしたくないから腕の中でじっとしている。

「眠れないよ」

愛は小さくそう呟いた。

もちろん楓には、もう聞こえていないだろうけれど。

☆　☆　☆

うっすらと目を開けると、パンツのボタンを閉めていない楓がいた。そのままシャツを羽織るのを見て、引き締まった背中がカッコイイと思った。

「愛？」

目が合って、名を呼ばれたけれど、目蓋《まぶた》の重さに耐えられず、もう一度目を閉じた。

彼が微かに笑ったような気配がする。

ベッドが少しだけ揺れたけれど、身体はまだ覚醒していなかった。

「目覚ましをセットしておくから、きちんと起きるんだよ？」

「ん……」

簡単な返事。

「それから……」

何か言ったけれど聞こえなかった。

大きな手が優しく髪を梳《す》いて、愛の頬に柔らかいものが触れた気がする。

朝からなんて甘い夢なんだ、と思って深く息を吸った。

寝ている時は免疫力が減っているというけれど、そんなこと関係ないほど深く眠った。

そうして、うるさい電子音。

枕元に手を伸ばしても、スマホが見つからない。

ベッドの周りを探ったけれどないので、しょうがなく起き上がる。

鳴っていたのはホテルのデジタル時計のアラームだった。

まだ覚醒しきってない頭で、愛はアラームを止めるボタンを探す。適当に押しているうちに、ようやくアラームが止まって、ベッドの上に座った。

「う！　……っい、ったぁ！」

目を閉じて眉を寄せる。あらぬ場所がズキズキ痛い。

そこで、昨夜のことを思い出した。

辺りを見ると、楓はもういなかった。でも彼がいたことは事実で、それは愛の身体のあちこちに残る感触と、初めての痛みが証明していた。

痛いのと同時に、ああ、もう、と思うくらい昨日のことが蘇《よみがえ》ってくる。

愛の中に彼が入ってきて、その後ゆっくりと身体が揺すられた。痛いのに、込み上げてくる快感に変な声をたくさん出して、彼の身体にしがみついた。

『それはイイって言うんだよ』

耳元でリアルに囁《ささや》かれているように、彼の声が蘇《よみがえ》ってくる。

「わー！　やめて！　楓さんやめてってば‼」

痛いし、それに、裸だし。

部屋を見ると、鏡台の前のスツールに服がかけてあった。その上に、愛の下着が畳んで置いてある。それを見て、頭を抱えたくなった。

「キャラクターのパンツだし……昨日の私は何を身に着けていたんだ……もうやだ。普通にレースのとかも持ってきてるのに……」

痛いし裸だし、キャラクターのパンツだし。

いろいろなことに衝撃を受けてしまう。

「っていうか……アラームセットしてくれたの、楓さんだ。じゃあ、あれ夢じゃない……うっわー、寝顔見られた……」

口を開いて寝ていたはず。しかもうつ伏せ寝だったから、頬も潰れて変な顔だったはずだ。

「もう、ダメだ。恥ずかしくて、どんな顔して会えばいいんだろう……」

ショックでまたベッドに突っ伏した。

恥ずかしさに顔を熱くしていると、そこでまた、ハッとする。

「今、何時?」

アラームがセットされていたホテルのデジタル時計を見る。時刻は、午前十一時を二十分過ぎていた。おそらく楓は、十一時にセットしてくれていたのだろう。

「ヤバイ!」

午後一時に集合。

愛たちはその三十分前には集合場所にいなければならない。

どうしようと、焦っているうちにさらに十分過ぎた。

とりあえずと、駆け込んだバスルーム。

「さっさと歩くと痛い」

我慢できないことはないけれど、楓から与えられた甘い痛み。

残された痛みに、昨夜のことを思い出して……

愛は勢いよくシャワーを浴びた。

☆　☆　☆

なんとか荷造りを終え、集合時間に間に合った。

「愛ちゃん、なんかヨレヨレって感じね」

髪の毛は生乾きのまま、化粧は最低限ファンデーションとチークのみ。

「いや、衣通姫さん、その、寝坊して……」

「奥宮社長とラブラブしてたから？」

なんで知ってるんだ？　と思って衣通姫を見ると、彼女は笑った。

「なーんてね。昨日は愛ちゃんにプレゼントだけ渡して、部屋に戻って寝てたんでしょう？　奥宮社長のお父様がそう言ってたわ」

朝ちょっとだけ会った時に聞いたんだ、と衣通姫は笑みを浮かべた。

「……そうなんですよー……あはは」

楓が、ではなく、その父がそんなことを言うなんて。

楓は朝まで愛の部屋にいたのに。

「プレゼント、なんだったの？」

「……あ、えっと、プラネタリウムが家でできる機械、です」

へぇ、と言って衣通姫は意外そうな顔をした。

「なんか、素敵ね。奥宮社長のことだから、てっきりアクセサリーかな、って思ってたけど」

「え、そんなものもらったら、恐縮しちゃいますよ」

手を左右に振ると、衣通姫はどうして？　と言った。

「彼からもらうアクセサリーは、思い出深くていいと思うけどな。ハワイだし、記念のハワイアンジュエリーとかいいじゃない？」

そうなのかな、と思いながらポチポチ集まってくる人を見る。

初日に比べて、ほとんどの人たちがこんがりと日焼けしていた。

焼けていないのは愛と衣通姫くらいと言っても過言ではないくらい。

愛たちは点呼を取りつつ、到着したバスへ案内していく。

そうこうするうちに、大きな荷物を持った楓とその父親がやって来た。

目が合った楓が愛を見てにこりと笑う。たちまち心が跳ねた。

落ち着け、と思いながら、近寄って来た楓を見る。

「今日は、きちんと起きられた？」

「へ？」

「明日は起きれなさそう、って言って、目覚ましをセットしてたよね？」

「あー……はい、なんとか」

「あと少しだね。最後まで、よろしくお願いします」

「はい。どうぞ、バスに」

王子様スマイルを見ると、顔が熱くなりそうだった。

何事もなかったように接する楓は、やっぱり大人だと思った。

昨夜、あれだけ深く抱き合っておいて。

内心でムッとしながら、最後にバスに乗った。

「愛ちゃん、大丈夫？　疲れた？」

隣に座った衣通姫が声をかけてくる。

「いえ、大丈夫です」

疲れてはいる。身体の一部分が痛くて、座っててもズキズキした。

でも、それを感じるたびに、楓とのことを思い出してしまう。

愛はそうなのに、楓はそうではないらしい。

あんなに爽《さわ》やかに、王子様スマイルを社員に見せて。

でも、その笑顔を見ていると、またキスしてほしいと思うのだ。深くて官能的なキス。

楓はキスも上手《うま》い。キスだけで、愛を酔わせてしまうから。

やっぱり好きだ。

彼と抱き合えてよかったと思う。

でも、恥ずかしい気持ちはどうしようもなくて。これからもきっと、この気持ちは消えない。

愛は、顔を俯《うつむ》ける。

次に会ったら、また楓とするのだろうか。

こんなことばかり考えているなんて、自分はどうしてしまったのか。

でも考えずにはいられなかった。

大好きな王子様が近くにいるのだから。

18

初めてのツアーを無事に終えた、二日後。

楓から電話があった。

しばらく仕事で会えないと言われて、落ち込んでしまう。

だけど、一月一日は空《あ》いてるかと聞かれて、一も二もなく頷いた。

『一日の午後はフリーだから、ご飯でもどうかな、と思って』

「空《あ》いてます。……でも、楓さん、お正月は用事があるって……」

『用事は、二日の午後遅い時間からなんだ。というか、用事という名の飲み会。お世話になった建設会社の社長に誘われてね』

「お正月から、大変ですね……」

『まあね。でも三日は、ロックメイプルの本店メンバーと、メインメンバーだった社員とニューイヤーパーティーをすることになってるんだ。よかったら、愛も来る？』

「私が行っても、いいんですか？」

思わず声が弾んだ。それを察してか、楓が微かに笑って言った。

『いいよ。ただし、酒の肴《さかな》になるのは覚悟しておいてね』

「サケノサカナって、なんですか？」

愛は結構知らない言葉が多い。そのたびに、自分でバカだなぁ、と思うのだが。

呆れられていないか心配する愛に、楓は何も言わず電話口で笑っていた。

『そうだ、一日は、正月らしく日本料理にしたんだけど、何か食べられないものはある？』

「特にないです。おせちも大好きです」

『よかった。お腹、空《す》かせておいてね。ただ、家まで迎えに行けないんだ……赤坂駅まで迎えのタクシーを行かせるから、それに乗って来てくれる？』

「え？　教えてくれたら、自分でお店まで行きますよ？」

『わかり辛い場所にあるんだ。迎えは懇意にしている人だから、安心して。愛の特徴を教えておくよ。六時頃、赤坂駅で待ってて。二番出口で』

なんとなく悪い気もするけど、楓が言うならそうしようと思って頷いた。

「わかりました。じゃあ、一日の六時に、赤坂駅で」

『好きだよ、愛。会えるのを、楽しみにしてる』

「……っ、はい、じゃあ、一日に」

好きだよ、愛。

そう言われて電話を切って、思わずベッドへダイブした。

「楓さん、ほんとに外国人だよ。臆面もないっていうか、躊躇《ためら》いもないっていうか……」

楓は惜しみない言葉をくれる。

思ったことを、正直に伝えてきた。日本人にはあまりない恋愛に対する熱量。

そういうものを、まさか自分が向けられるようになるとは思わなかった。

それも、あんな王子様みたいに綺麗で、優しくて、スタイリッシュな、しかも会社の社長をしている人からなんて。

「非現実的だよ、楓さん……っていうか、食事した後……するのかな？」

枕に突っ伏して、首を横に振る。

「やー、もう、恥ずかしい。私、今度はちゃんとできるのかな」

だけど、楓の優しさとか言葉とか色気とかに、次も絶対グズグズになってしまいそうな気がした。

そんなことを考えては、顔を熱くして枕に顔を押しつける。

こんな風に、好きな人のことを思うなんて、愛の日常にはなかったことだ。

だからこそ、余計にドキドキして、楓のことを思う。

さっき、私も好きです、と言えなかった愛は、心の中で言い返した。

楓が好きだ、と。

☆　☆　☆

いつも元日はみんなでテレビの正月番組を見る。

兄たちもみんな帰ってきて、愛はいつも通り母に着物を着せてもらった。半幅帯で楽に着せてもらって、いつもの正月らしさを感じるのだけど。

今年は兄が一人いない。アメリカにいる一番上の兄とその妻は、今年は向こうでお正月を迎えるのだそうだ。いつもいるはずの二人がいないことを、寂しく思った。

けれど、いつもと違うのは、愛も同じで。

正月を家で家族と過ごさないのは、初めてだった。

「気を付けて行きなさいね。着物はお正月明けてからでいいからね」

「うん、ありがとうお母さん。ごめんね、いつも一緒にいるのに、用事作っちゃって」

愛が言うと、母はふふ、と笑った。

「いい年頃の娘がいつまでも家族といてもねぇ。誰かいい人ができたの？」

「ち、違うよ！　今日は本当に友達と会うの。せっかく着物を着付けてもらったから、このままご飯を食べに行く予定なだけで！」

「あら、そう。どちらにせよ、気を付けてね」

そうして襟《えり》を少しだけ直す母は、愛を見てにこりと笑う。

見透かされてるな、と思いながら、愛は実家に帰る時に持っていたバッグと、母が作った着物用のバッグを持つ。

母に手を振って、駅へと向かう。今年は寒いというだけあって、本当に寒い。

母から借りたショールをしっかりと巻いて、電車に乗った。

時々、窓に映る自分を見る。耳より少し下で切った髪に、緩くパーマをかけた。今日はそれに、少し大ぶりの花の飾りを着けている。

着物は藍色で帯は明るい紫色。羽織は着物と同じ柄で、全て母のものだった。

考え事をしている間に、赤坂駅に着く。待ち合わせ場所に行く前にトイレに寄って、少しだけ化粧直しをした。

外に出て待っていると、すぐにタクシーから降りてきた人に声をかけられる。

楓の名を告げて、名前を確認された後、タクシーに乗るように促《うなが》された。

「素敵なお着物ですね。今から行く場所にお似合いです」

「……どんな場所か、何も聞いてなくて」

「本格的な高級和食と創作料理を出す料亭ですよ。きっと今日は、美味《おい》しいものが食べられるでしょう」

本格的とか、高級と聞いて、少しだけビビってしまった。

そんな場所に行ったことがない庶民としては、本当に行って大丈夫かな、と心配になってしまう。

タクシーに乗せられて着いた場所は、由緒ある大きな日本家屋という感じの、趣《おもむき》のある建物だった。大きな門をくぐると、庭が広がり灯籠《とうろう》に火が灯っている。

その先の入り口らしき引き戸を開けると、店の仲居さんらしき人が出てきて膝をついた。

「お連れ様はいらっしゃいますか？」

「……あ、えっと、奥宮さん？」

「奥宮様ですね。どうぞお上がりください」

奥宮様、というそのフレーズに、さらに恐縮してしまう。

草履《ぞうり》を脱いで上がると、仲居さんが愛の草履《ぞうり》を持ち上げて先に行く。そのままついて行くと、障《しょう》子戸《じど》を開けてさらに奥へ向かうようだった。

「段差がありますのでお気を付けてください」

大きな石の上に置かれた愛の草履《ぞうり》。それをもう一度履いて、五メートルくらい先にある、離れのような場所へ向かう。引き戸を開けて、どうぞ、と促《うなが》され、愛は離れに上がった。

場違い、というフレーズしか思い浮かばない場所に、愛の不安が募《つの》る。

後ろを向くと、すでに草履《ぞうり》は愛が履きやすい方へ向けてあって、案内してくれた仲居さんが出て行こうとしている。

「あの！」

「はい？」

仲居さんが、なんでしょう？　と笑顔で問いかけてくる。

「あの、本当にここに、奥宮さんがいるんですか？」

「はい、いらっしゃいますよ」

その言葉に少し安心して。

ありがとうございます、とお礼を言うと、仲居さんは会釈《えしゃく》をして出て行った。

襖《ふすま》の向こうから、微かに話し声が聞こえる。愛は、意を決して襖《ふすま》を開けた。

「愛」

愛を見てにこりと笑う王子様は、間違いなく楓だった。

部屋の中には、楓ともう一人、着物姿の女性がいた。綺麗な人で、仲居さんとは違うことが装《よそお》いでわかる。上品で明るい色合いの着物だった。

「奥宮君の好きな人？　綺麗な子ねぇ。イイ男はこれだから」

ふふ、と笑うその人を見てから、楓を見ると座るように促《うなが》される。

楓の正面に、大きくてふかふかの座布団が敷いてあるので、そこに座る。

愛が落ち着くのを待って、綺麗な人が愛を見て微笑んだ。

「こんばんは、藤野屋《ふじのや》の若女将《おかみ》で藤野利佐《ふじのりさ》と申します。本日は藤野屋へ、ようこそいらっしゃいました」

そうして丁寧に手をついて挨拶《あいさつ》される。戸惑って楓を見ると、彼はにこりと笑みを浮かべた。

「利佐は大学の同級生で、藤野屋の四代目なんだ」

綺麗な人は笑みを向ける。奥宮君、と楓のことを呼んだのも、同級生だったら頷ける。

利佐、と呼び捨てにするのには、少しだけ思うところはあるけれど。

すでにテーブルの上には、料理が運ばれていた。利佐という人が、袖《そで》を捲《まく》って小鍋に火を入れる。

「頃合いをみてお召し上がりください。このボタンを押したら、料理を下げに参ります」

そうして、ごゆっくり、と頭を下げて部屋を出て行った。

それを見て、楓を見て、周りを見る。

行き届いた調度品と、暗闇でもわかるほど綺麗に整備された日本庭園。品のある、と言った方がいいのか、とにかく、そこかしこから高級さが滲《にじ》み出ている。

それに目の前の料理も、美しく手が込んでいて美味《おい》しそうだった。

お腹を空《す》かせて来たから、今にもお腹が鳴りそうだ。

「あけましておめでとうございます」

丁寧に頭を下げる楓にハッとして、愛も同じく新年の挨拶《あいさつ》をする。

「あけまして、おめでとうございます」

目の前に座る楓はきりっとした黒のスーツ。ネクタイはグレーと白のストライプ。いつもの王子様スマイルがないと、どこか硬い雰囲気になるのを初めて知った。

楓をじっと見ていると、笑みを浮かべたいつもの表情。

「食べようか？　ここの食事は美味《おい》しいよ」

「はい……なんか、すごく立派なところで、緊張しちゃいますね」

箸《はし》を取ってそう言うと、わかるよ、と彼が苦笑した。

「毎年、年賀状とか挨拶《あいさつ》状が届くから、来ないわけにはいかなくて。それに、大学時代のお金がない時に、利佐には世話になったから」

楓は綺麗な箸《はし》遣いで刺身を取り、醤油につける。

「お金がない時？」

「そう、昼ご飯をおごってもらったり、ここでまかない料理を食べさせてもらったり。こんな立派な家のお嬢様だって知った時は驚いた。学生の時に、初めてこの離れに入った時なんか、場違いすぎて落ち着かなかった」

「ですね。本当に」

自分の感覚は間違ってないとほっとしつつ、愛も料理を口に運んだ。

「美味《おい》しっ！　日本料理だけど、それっぽくないのもあって」

すごく美味《おい》しくて、どんどん箸《はし》が進む。

「よかった、口に合ったようで」

楓が愛に徳利《とっくり》を差し出したので、お猪口《ちょこ》を手に取って酒を注《つ》いでもらう。

「ここの清酒は特別なんだ。酒蔵から直接卸《おろ》してもらう、年に少量しか取れない酒だから。果物っぽい香りがするでしょ？」

「あ、ホントだ」

「美味《おい》しいから、飲んでみて」

勧められてお猪口《ちょこ》を傾けると、爽《さわ》やかで美味《おい》しい。でも、すぐに胃の中が熱くなってくる。

「これ、飲みやすいから、酔っちゃいそう」

もう一度酒を注《つ》がれて、口をつけずにお猪口《ちょこ》を置いた。

食事をしながら、少しずつ酒を飲む。そんな愛を見て、楓が微笑んだ。

「いいよ、酔っても」

「でも、酔ったら帰れなくなっちゃう」

愛の言葉に笑みだけを返して、楓も食事を進める。

日本料理だけど創作料理の方が多い。楓に聞くと、そういうコースにしたのだと言った。

藤野屋には、こうした離れがあと三つあって、一般の食事処とは隔離されているのだと聞いた。

箸《はし》も進んだけど、愛にしては珍しく酒も進んだ。

楓が注《つ》ぐからだけど、日本酒がこんなに美味《おい》しいとは思わなかったから。

「壱兄にも、飲ませたいなぁ。今、アメリカで、お正月過ぎないと、帰ってこないって」

語尾が少しヤバいな、と思った。

ほろ酔いを通り越している気がする。なのに、楓がまたお猪口《ちょこ》に酒を注《つ》ぐので、さすがにもう無理、と手を振った。

「もう、ここでストップ。楓さん、お酒注《つ》ぐタイミングが絶妙すぎるんだもん。もう、酔っちゃったし……これ以上は、ホントに帰れなくなっちゃう」

「赤い顔が可愛いよ。食事を下げてもらおうか」

手元にあるボタンを押すと、三分くらいで仲居さんが来て、食事の膳を綺麗に下げてしまう。その手際の良さといったら、すごいの一言しかない。テーブルに残ったのは、お猪口《ちょこ》が二つと徳利《とっくり》が一つ。あと、ちょっとしたおつまみ。

酒とおつまみは、下げなくていいと、楓が言ったのでそのままだ。

「あー、もー……お酒飲むと、すぐに顔が赤くなって恥ずかしい。比奈ちゃんも赤くなるけど、私ほどじゃないもん」

「篠原さんの奥さん？」

「そう。比奈ちゃん、今年の夏には赤ちゃん生まれるんだ」

「へぇ、知らなかった。篠原さんに子供ってあまり想像できないね」

お猪口《ちょこ》に入った酒を飲む楓は、まったく顔色が変わらない。まるで水でも飲むみたいに、お酒がスースー入っていく。

兄の壱哉も、お酒はかなり強くてワインなんか軽く一本空《あ》けてしまうけど、楓もかなり強そうだ。

愛がお猪口《ちょこ》一杯飲むうちに、三杯は飲んでいたと思う。

「愛、あと一杯飲んで。そうしたら、空《から》になるから」

そう言って愛のお猪口《ちょこ》に酒を注《つ》いだ。

「や、も、ほんとーに、これ以上飲んだら、帰れなくなる」

「帰らなくていいよ」

「ん？」

「だから、帰らなくていいよ。ここ、泊まれるから」

「へ？　……ウソだぁ、料亭に、泊まれるわけないし」

「ここは、離れだから、泊まれるよ。外に露天風呂がついた、れっきとした旅館」

にこ、と笑ったその顔を見て、愛は瞬《まばた》きをする。

「僕の後ろの襖《ふすま》、開けてみたら？」

楓の後ろに襖《ふすま》があるのはわかっていたけど、それがなんだと言うのだろう。

首を傾げつつ、愛は、彼の傍に行き、膝をついて楓の後ろにある襖《ふすま》を開けた。

その先は、こちらと続き間になっているらしい。ベッドのように一段高くした場所に、白を基調とした寝具が二組並んで敷いてある。

モダンながら、日本の旅館を思わせる佇《たたず》まいに、愛は目を瞬《またた》かせた。座ったまま呆然とそれを見ていると、楓が襖《ふすま》に手をかけて、愛のすぐ隣に座る。

「こういうのは日本らしい文化だけど、この風情には色気があると思わない？」

顔を横に向けると、楓の綺麗な目と視線が合う。

「帰さないよ、愛」

王子様は微笑んで愛が開いた方と反対側の襖《ふすま》をスライドさせる。そうして襖《ふすま》の向こうへ行って、座ったままの愛を見る。

「おいで」

もう一度愛と視線を合わせて膝をつく。手を差し伸べられたけれど、その手をすぐには取れなかった。

ハワイでのクリスマス。その時の出来事が頭をよぎる。

「でも！　私……今日、着物だし」

「そうだね」

「明日、着られないと、困る。他に服、持ってきてないし」

「着せてあげるよ」

「へ？」

「着物、着付けてあげる」

着物を着付ける、と楓は言った。そんなことできるのか、と思う。

愛だって自分一人では着られないのに、男の人である楓が？

「あまり上手《うま》くないけど、着付けてあげるから」

だから、と差し伸べた手をおいで、という風に動かした。

「や、でも、その、あの……ひ、避妊具を、用意してないから！」

自分の口から避妊具という言葉が出るなんて、夢にも思わなかった。こんなこと言うのも、楓の前だけであってほしい。

こちらに差し伸べられていた楓の手が、スーツのポケットへ動く。

そこから出てきた小さな箱を見て、愛の表情が固まる。

「これでいいでしょ？」

「……でも、えっと、あ……私……あの」

「うん？」

ああ、どうしよう。それだけが頭を巡《めぐ》る。

身体中が心臓になったみたいに、ドキドキとうるさい。同時に身体の奥から湧き上がってくる、よくわからない疼《うず》くような感覚に戸惑いを覚えた。

ハワイでの恥ずかしかった思いと、楓から触れられた思い出。

何より、彼の前で足を開いたこと。

「私、恥ずかしくて、足開けない！」

それが今の正直な気持ち。好きな人の前で、足を開いて変な恰好をしたくない。

触れ合いたくないわけじゃないけど、とにかく恥ずかしくて。

愛が赤くなって言うと、楓は思わずという風に、声を出して笑った。

「可愛いな。一度したのに、恥ずかしい？」

「当たり前です、だから……」

今日は勘弁してくれないか、と思ったけれど。羽織の紐《ひも》を解かれて、その内側に楓が手を伸ばす。

「か、楓さん？」

半幅帯の結び目が、衣ずれの音を立てて解かれる。自分で結ぶことができない帯が解かれてしまって、愛はどうしようと思う。

「解かないでください。か、帰れない」

「本当に帰りたい？　だったら結び直してあげる」

綺麗な緑茶色の目。茶色の明るい目の中に揺れる緑色の虹彩《こうさい》。そんな目でじっと見つめられて、愛は返答に困る。本当に恥ずかしい。あんな恰好、相手が楓だからなんとか耐えられた。

でも、やっぱり二回目も恥ずかしい。裸を男の人の前に晒《さら》すのは、慣れていないから。

「本当に帰りたいなら帯を結び直して、タクシーを呼んで帰してあげるけど……帰ってほしくないよ、愛」

頬に触れる大きな手。

愛はまだ、食事をした方の部屋にいる。でも楓は、布団の敷いてある方の部屋にいた。

楓は瞬《まばた》きをして、目を伏せる。長い睫毛《まつげ》が綺麗な影を作るのを見て、この仕草は以前もされた気がする、と思う。こういう仕草に愛は弱い。

楓は愛の好きな人でもあるけれど、王子様のようなノーブルな顔が本当に素敵で。見るだけで、心臓がドキドキとうるさくなる。

しかも、きっちりとしたスーツは恐ろしいほど彼に似合っていた。そんな彼が、愛を見る時だけ、ギラギラとした熱が目にこもっている。

「恥ずかしいなんて思う間もないほど、愛してあげる」

伏せていた目が、ゆっくりと閉じていく。

そうして自然と唇が近づいて、愛は楓とキスを交わす。

「ん……」

「愛、お願い」

唇を合わせながらその上で唇を動かして、お願いと言われた。

愛を抱きたいから、お願い――

唇だけを愛撫《あいぶ》するような、ゆっくりとしたキスの合間に、羽織が脱がされる。

あ、と思ったけれど、唇全体を食《は》むようなキスをされて何も言えなかった。愛の身体を引き寄せた楓は、唇の合間にゆっくりと舌を侵入させる。

「ぁ……ん……ん」

キスの合間に声が漏れるのを、楓とのキスで初めて知った。

その間にも、さらに帯が衣ずれの音を立てて解かれていく。愛の膝の上に緩んだ帯が落ちてきて、慌てて唇を解いて、楓の身体を押した。

「や、楓さ……」

「こっちにおいで、愛」

「だって……ん……っ」

再び唇を寄せられて、軽く唇が触れ合う。

「嫌だと言われると、傷付く」

頬を撫でて、もう片方の手で耳の後ろを撫でる。愛の目を見つめたまま、楓が軽く唇にキスを落とした。

傷付く、と言われて、言葉が出なくなる。

愛にそういうつもりがなくても、あまり拒否したら、そう思ってしまうのかもしれない。

「本当に嫌？」

愛を真っ直ぐ、熱い目で見て言う。

こんな人から、愛が欲しい、と強く求められて。

そこでふと、彼はこれまで付き合った人にも、そうだったのだろうか、と思った。

そう思ったら、悲しくなるけれど、楓の熱い目は今は愛にだけ向けられているから。

「ほんと、楓さん、タラシだ。絶対そう。だって、そんな目で見つめられたら、嫌だって言えるわけない」

もうやだ、と言うと楓は笑った。

「愛限定のタラシだけど。……恥ずかしいなんて感じる間もないくらい、愛してあげるよ」

キスをされる。衣ずれの音が聞こえたと思ったら唇を離された。

衣ずれの音の原因は愛が着ていた羽織だった。襖《ふすま》の向こうにあったものを楓が自分の方へと引き寄せた。

そうして、愛を引き寄せて、楓が襖《ふすま》を閉める。戸を滑らせる音が聞こえて、トン、と完全に襖《ふすま》が閉められた。

愛の頬に頬を寄せて、名前を呼ぶ低い声。

「愛し合おうか」

いとも簡単に抱き上げられた。中途半端に纏《まと》わりつく帯はそのままに。

布団の上に横たえられて、足を軽く持ち上げられる。

なに？　と思うと、楓が丁寧に愛の足から足袋《たび》を脱がせているところだった。

足袋《たび》のこはぜを一つ一つ外して、ゆっくりと丁寧に脱がしていく。

愛の心臓は最高に鼓動を速めている。

足袋《たび》を脱がせる行為に、どうしてドキドキするのか自分でもよくわからない。

足袋《たび》を脱がせ終えると、愛の腰に纏《まと》わりついたままの帯を引っ張り始める。

身体が少し引っ張られるけれど、そのまま動かなかった。

一枚一枚、衣ずれの音と共にゆっくりと脱がされていく愛の着物。

動きに迷いがないのは、着物の着せ方を知っているからだろう。

「着物ってもどかしいね」

脱がせながらにこりと笑った楓の表情は、変わらず王子様だ。

「でも、こうして……ゆっくりと愛の肌が現れるのを見ると、色気が増して……すごく、イイ」

丈の長さを調節していた紐《ひも》を引き抜いて、楓がため息をつく。

ネクタイを緩めながら、耳元で囁《ささや》いた。

「早く欲しい」

そう言って手を伸ばしたと思ったら、小さな明かりが灯った。

明るくなったと思ったら、楓が愛の首に顔を埋《うず》める。

「っあ……」

天井を見て、大きな手が身体に触れるのを感じて。

これからあの恥ずかしい体勢を取るのか、と思ったのはほんの少しの間。

楓は言葉通り、愛に恥ずかしさを感じる猶予《ゆうよ》を与えなかった。

19

衣ずれの音というのをこんなにリアルに感じたことはない。果物の皮を剥《む》くみたいに、一枚一枚着物を剥《は》いでいく大きな手。

その手が、愛の膝を撫でながら割って、内腿に触れる。

「か、楓さん、あの、服、脱がないの？」

「愛を脱がせてからゆっくり脱ぐよ」

楓は黒の細身のスーツ姿。ぴったりと身体に合っているそれを見て、まだ完全に解いていないネクタイに触れる。

「楓さんのスーツって、全部、お父さんが作ってるの？」

いつも、スタイリッシュ、って言葉が思い浮かぶような、見た目もオシャレでカッコイイスーツは、楓の雰囲気と体型に合っていると思う。

「そうだよ。どうして?」

「いや、なんとなく。いつも、似合ってて、カッコイイなぁ、と」

思って、と言うと愛の足の付け根に手が移動した。

「僕のスーツは現代の型より、少し古い型を使ってるんだ」

「ん、そうなんですか?」

「愛のお兄さん、篠原さんも僕と同じ型のスーツかもしれないな」

親指で、足の付け根を撫でられる。ちょうど、ショーツのクロッチの部分を撫でられて、微妙なタッチが心臓を高鳴らせる。

「どうして、そういうことを聞くの? スーツが気になる?」

クスッと笑った彼は、愛の頬にキスをした。

「だ、から、なんとなく」

鼻だけで軽く笑って、足の付け根を撫でていた手が離れた。楓はそのまま、愛を横抱きにする。

まだ着物から袖《そで》を抜いていないので完全に脱がされたわけじゃない。

着物を押さえる紐《ひも》は解かれてしまったけれど、襦袢《じゅばん》はまだ乱されていなかった。

「セックスを先延ばしにしようとしてる?」

「……そ、そんなこと……っ」

腰を引き寄せられて、一度そこを揺すられる。愛の下腹部に当たる楓の熱い部分を感じて、一度息を詰めて吐き出した。

楓との行為を先延ばしにしているわけではない。けれど、二回目の気恥ずかしさもあって、なんとなくはぐらかすような言葉が出てきてしまう。

「スーツ、皺《しわ》になりませんか？」

「愛の着物ほどじゃないよ」

楓がそこへ顔を埋《うず》めながら、ゆっくりと揉み上げる。

襦袢《じゅばん》の上から愛の胸に触れて、臀部《でんぶ》に手を滑らせた。襦袢《じゅばん》越しにそこを軽く掴まれた後、その手が襦袢《じゅばん》を割って、ショーツの上から臀部《でんぶ》を撫でた。

そのまま何の躊躇《ためら》いもなくショーツを脱がせていく。

「楓……っん」

キスをされて、ショーツが下げられていくのを感じる。ある程度まで下げると、楓は臀部《でんぶ》を撫でていた手で、愛の隙間に触れた。思わず身体を縮めて逃げようとしたけれど、足の間に楓の足が入っているからそれもできない。

「あ……っん」

隙間に触れた指が、すぐに中へ入ってくる。

「痛くない？」

キスの合間に、唇を触れ合わせながら楓が問う。互いに熱い息を吐いて愛が頷くと、背中を撫でながら、中の指を増やされる。

なんだか濡れた音が聞こえてきて、愛は楓の腕を掴む。

その間に襦袢《じゅばん》の胸元が開かれて胸の谷間に、楓がキスをした。背中を撫でていた手が着物越しに胸に触れ、揉み上げた。

襦袢《じゅばん》の下はノーブラだ。着物の時はブラジャーを着けないので。

「胸が綺麗な形をしているね」

顔が熱くなるようなことを言って、背を撫でていた手が襦袢《じゅばん》の前合わせを開いた。露《あら》わになった胸に、彼の手が直《じか》に触れてくる。

「ん……っん」

あっという間に身体が熱くなって、ひとりでに腰が揺れた。

楓は胸を揉み上げつつ、指で隙間を愛撫《あいぶ》する。そうしながら時々、隙間の上の敏感な蕾《つぼみ》に触れて。

身体が熱くなって、お腹の奥が疼《うず》いて堪《たま》らなくなる。

「あ……っ！」

込み上げてくる熱に、頭の中が空《から》っぽになった。

「ん……っん！」

愛は、楓にしがみついて身体を震わせる。

「愛、気持ち良かったね」

頭を撫でる大きな手が、愛の身体をなだめてくれる。

しばらく頭を撫でていた手が、襦袢《じゅばん》から胸を剥《む》き出しにした。そこに楓の唇が触れる。

「あ……っ」

楓が愛の乳房に唇を寄せ、その先端を口に含んで吸い上げた。

「あ……っん」

もう片方の胸は指先で軽く摘まれ、転がされた。両方の乳房を揉み上げられ、彼の唇に食べられるかのように愛撫《あいぶ》された。

「そんな、胸、ばかり……っんぅ」

「君の胸が綺麗だから。ずっと触って、愛していたくなるんだ」

楓の言葉に、下半身が濡れた感じがした。足をすり合わせると、余計に着物が肌を滑り落ちていく気がする。

腰紐《こしひも》一本で留められている襦袢《じゅばん》は、今はほとんどはだけていた。

愛が腰を揺らすたびに、途中まで下げられていたショーツが下へと落ちていく。

袖《そで》だけ通している状態の着物の状態なんか、まったく考える余裕はなかった。

胸から顔を上げた楓が、愛の背を布団へ戻す。

感じる部分に触れられて、愛はすっかり息が上がっていた。

大きく息を吐き出して目を開けると、楓が上着を脱ぐところだった。

解いたネクタイを首から抜き去り、シャツのボタンを開けていく。その仕草にドキリとした。

楓はシャツと一緒にジレのボタンを器用に外し、ベルトに手をかけた。

愛はじっとそれを見る。

男の人がスーツを脱ぐのって、なんてエロいんだろう。

彼がジッパーを下げるのを、どこか焦《じ》れったく感じて……

楓が避妊具のパッケージを手に取り、破る。だけど、それを付ける前に、楓が愛の足を持ち上げるようにして腰を近づけた。

でも、きっと大きいのだろう。その状態で避妊具を付けたので、愛からはあまり見えなかった。

そのまま身体を圧すようにして楓が愛の中へ入ってくる。今回は少し早急に。

だから、ちょっとだけ痛みを感じた。

「あ……っ、も……と、ゆっくり……っ」

「……はっ、ごめんね……まだ狭いから、苦しかったね」

荒い息を吐く楓を見ていると、痛みも何もどうでもよくなってくる。

愛を気遣ってか、彼は入れたまま動かなかった。しばらくして、ゆっくりと腰を動かされた途端、愛の口から、あ、と甘い声が出る。

次の瞬間、楓は愛の背中に手を回して、身体を引き起こした。

「んん……っ！」

楓との交わりが一気に深くなって、ぞくりと腰が震える。

今すぐ足を閉じたいくらい、楓と繋がった部分がもどかしくて熱い。愛が額《ひたい》を楓の肩に擦りつけると、微かに笑われた気がした。

本当に、大人って余裕だ。

「着物も、脱がさないとね」

腰紐《こしひも》一つで留まっていた襦袢《じゅばん》。楓の手で最後の腰紐《こしひも》が解かれ、全ての着物が取り去られていく。

まるで、果物の皮を剥《む》くように。

襦袢《じゅばん》から肩を出された時、強く下から身体を揺すられた。

思わず愛が息を詰めると、さらに何度も身体を揺すられる。

ゆっくりと断続的にされることで、込み上げてくる快感が強まり、愛から力が抜けていく。

「も、揺らさ、ないで」

「ダメだよ、できない」

もう一度、できるわけないよ、と言って、腰をさらに揺らされる。

そうしてシュッと衣ずれの音。

腰の動きを止めた彼が、愛の背中を支えつつ、もう一方の手で襦袢《じゅばん》を脱がせた。そのまま、愛が脱いだ着物を、まとめて布団の外へと放り投げる。

楓は両手で愛の腰をしっかりと掴み、ゆっくり回すように腰を動かした。

堪《たま》らず喘《あえ》ぎ声を上げる愛を強く抱きしめ、楓が大きく息を吐き出す。

それからすぐに、断続的な腰の動きが始まった。

「ん……っあ……っ」

「気持ちイイよ、愛」

まだ完全に服を脱いでいないスーツ姿の楓。乱れたスーツで、愛を抱くのにもドキドキするのだが、愛の首に顔を埋《うず》めて、熱い息を吐く楓にもクラクラした。

時々、気持ち良さそうに腰を回されるのも、とてもエロいことをしているようで、愛の身体が熱くなる。

経験の差もあるだろうが、彼はまるで、愛を高める術《すべ》がわかっているかのように動く。

だからなのか、身体が疼《うず》いて仕方なかった。

彼の首に縋《すが》って身を震わせると、楓が愛の中でさらに質量を増した気がした。

まだ愛は二度目なのに。楓との行為が嫌いじゃなかった。

あんなに、恥ずかしくて、したくないと思っていたのに。

どうしたって恥ずかしいし、まだ痛みもあるけれど、それ以上のものを楓は愛に与えてくれる。

それは、未知のものがゆっくりと身体に浸透していく感じに似ていた。

エッチがよくないなんて、嘘だと思えるほどに。

「……っダメ……っあん」

「何がダメ？」

吐息まじりの低い声にも身体が震える。

「腰、とめて、楓……っ」

「イイから無理、もっと動かしたいのに」

楓の背に回していた腕から、徐々に力が抜けていく。

身体が溶けそうと思った時、楓が愛の身体を強く抱きしめてくる。

「中が、柔らかくなってる。気持ちイイの？」

息が苦しくて仕方ない。愛は楓の胸に頬をすり寄せることで、質問に応《こた》えた。

抱きしめられたまま身体が後ろに傾いて、背中に柔らかい布団の感触。

急に腰を動かす速度が速くなる。同時に、愛の身体にも強い快感が走った。

男の人と繋がっても、気持ちいいことはないと思っていた。

でも実際に、好きな人とこうなってみて、その考えが変わった。

彼の体温も、身体に触れる優しい手も。愛の中をいっぱいにする、楓自身も。

身体が熱く痺《しび》れて、力が抜けるくらいイイ。

「や……っも……！」

楓でいっぱいになった隙間が限界を訴えた。

息が上がって、クラクラするほど熱いものが、愛の全身を支配する。

「んっ、んっ、ん……っ」

堪《こら》えようとしても、鼻にかかったような息と共に、甘い声が零れ出た。

「イッて。……ほら、愛——僕もイクから」

ギュウ、と身体の奥を強く圧される。

唇を開いた。

先に達したのはたぶん愛の方。

だって、心臓が壊れるかと思うほど高鳴って、苦しいくらい感じていた時に、楓はまだ腰を揺らしていたから。

大きく息を吸って、頭が真っ白になった。

「楓……」

もうだめだ、と思った次の瞬間、ブラックアウト。

途切れる意識の中で、楓が微かに笑ったような気がした。

☆　☆　☆

目を覚ますと暗い天井が目に入った。続いて、ほんのりと明るいオレンジ色。

それが、枕元に置かれた明かりの色だと気付いた時、冷たいものが頬に当たった。

その方向を見ると、オレンジ色のライトに照らされた楓が笑みを浮かべている。

「大丈夫？」

「え？　あ……寝てた？」

「寝てたと言うより、飛んでたかな」

そうしてにこりと笑って、水のペットボトルを渡された。

さっきの冷たいものはこれか……

愛はありがたく受け取って、身体を起こす。

身体はまだ重たいけれど、どこか心地いい重さだった。

ペットボトルのキャップを捻《ひね》った愛は、一気に半分くらい飲んで息を吐く。

「水が、すごく美味《おい》しい」

「そう。旅館に必ず常備してあるやつだけどね」

「いつも思うけど、どうして水が置いてあるんだろう？」

喉が渇いていたから助かったけれど、と思いながら首を傾げる。

「セックスした後、喉が渇くでしょ？　特に、愛みたいに意識を飛ばしたら余計に」

セックスした後。愛みたいに意識を飛ばしたら。

そのフレーズが、何度も頭を回る。

「だから常備してあるんだよ、きっとね。した後は、特に美味《おい》しい」

クスッと笑って、愛の髪の毛に触れた。

部屋が暗くて、明かりがオレンジ色だから助かった。

きっと愛の顔は赤くなっている。

愛は、楓との行為で意識を飛ばした。意識を飛ばす前、苦しいくらい感じて快《こころよ》くて。心臓も苦しいくらい高鳴って壊れそうだった。

「な、なんかすごく恥ずかしい。さっきまでは大丈夫だったのに……」

「そうだね。足開くのも抵抗がなかったしね」

そう言って笑みを向けられる。いつの間にか、楓はスーツを脱いで、寝間着らしい浴衣《ゆかた》姿になっていた。胸元の袷《あわせ》がはだけていて、そこから綺麗に筋肉のついた胸が見える。

王子様みたいな楓の、着崩れた様子にドキドキして、愛はそっと彼から目を逸《そ》らして再び水を飲んだ。そうして頭から布団をかぶって、何度も目を瞬《またた》かせる。

「愛、どうしたの？」

心臓が痛いくらいに高鳴っている感じ。

腹部から込み上げるものが、少しずつ全身に広がる感覚。

この前まで、男女のことなんて何も知らなかったのに……

楓を見て、欲を感じた。

その時、楓に頭を撫でられて、思わず逃げる。

「さ、触ったらダメ」

「どうして？」

「だって、ドキドキする、から」

「触ると、ドキドキするの？」

「そう。だから、今触ったら……っ」

布団の中に入ってきた楓が、愛の身体を引き寄せた。ゆっくりと抱きしめて、愛の寝間着の合わせ目から手を差し込んでくる。

「あ、楓……っ」

「そう、楓でいいよ、愛」

胸に直《じか》に触れられながら、耳元で囁《ささや》くようにそう言われた。

そういえば、何度も呼び捨てにしていたような気がする。

「楓、って呼ぶの？」

「うん。楓で、さんはいらない」

「いいの？」

「愛には、そう呼ばれたい」

ゆっくりと胸に触れる手の動きに、心臓が速くなる。

「僕は自分の名前が、好きなんだ。由来は単純だけど」

胸に触れていた手で、寝間着の帯を解かれる。

「赤ちゃんって、赤いでしょ？　僕が生まれた時、父に掌《てのひら》を開いて手を伸ばしたらしい。その時の掌《てのひら》が、楓の葉っぱみたいだったから、楓にしたそうだよ」

寝間着の下は何も着ていないので、簡単に裸にされてしまう。

目的を持って触れてくる手に、愛は一瞬で官能に火をつけられた。余裕なんかないまま、首筋にキスをされる。唇はどんどん位置を変えて、胸にキスをして、臍《へそ》の横に、足の付け根に……と、下がっていく。

「あっ！　……っや、楓……っ」

足を開かれて、止める間もなく、そこへ楓が顔を埋《うず》めた。

「やだ、やだ！」

「どうして？」

大きな手が腹部を撫でて顔を上げる。

半泣きになって、愛は首を横に振る。そんな場所に顔を埋《うず》めないで、と思った。

「ま、また、今度にして。恥ずかしいです」

「恥ずかしさは乗り越えようよ、愛」

そう言ったけれど首を横に振る愛を見て、苦笑した。

「じゃあ、このまま……もう一度、させて」

愛の隙間に楓の指が触れる。何度かそこを撫でてから、つぷりと中に指を入れた。音がしそうなほど、充分に潤《うるお》っていたそこは、彼の指を難なく受け入れる。

込み上げる快感に、愛は、はっと息を詰めた。

唇で避妊具のパッケージを噛み切った楓が、それを自身に着けるのを見る。

すでに確かな大きさを持つそれに、クラッとした。

腰をゆっくりと動かしながら、愛の中に楓が入ってくる。

今度は痛みもなく、スムーズに入った。ただ、彼の大きさはまだ少しきつい。

「ああ、やっぱり狭いな」

息を吐きながら、笑って言う楓には、余裕がある。

「楓が、大きい」

「たぶんそうだろうね」

笑みを浮かべたまま肯定し、楓は愛の身体を愛し始めた。

なんだか、楓の余裕が悔しくなる。

「楓だけ、余裕……っ」

「まさか。気持ちよくて、いつも耐久性を試されている気分だ」

「……気持ち、いい？」

「最高に」

臆面もなく、最高に気持ちいい、と言った楓に顔が熱くなる。

もちろん愛の身体全体が、すでに熱いのだけど。

そうしてゆっくりとした動きから、ぐんとペースが上がる。

「着付けてあげるから、心配しないで。……愛こそ、余裕あるね。ペース上げようか？」

「明日、着物……」

「あ、楓……っ！」

そこからは言葉も発せず、ただ唇を噛みしめて声を我慢した。

「好きだよ、愛」

私も、と言いたかったけれど、熱いキスに呑み込まれてしまう。

愛の全てを愛しきったと思うほど、幸せな身体の重さに包まれて。

楓の声も、目も、仕草も、肌も。

全てが好きで仕方ない。

だから今は、楓に与えられる快感に身をゆだねた。

こんなに好きな人、特別に感じる人と出会った愛は、とても幸せだった。

これからもずっとこうしていたいと思う。

花が咲いている瞳にそっと指先を寄せると、彼がクスッと笑った。

「どうしたの？」

「綺麗だと思って。ずっと見つめていてほしい、って思うくらい」

お酒が入っているせいか大胆なことを口にするけれど、彼は嬉しそうに愛の身体を抱きしめ、耳元で囁《ささや》いた。

「君が望むならいつまでも」

相変わらず外国人だなぁ、と思いながら彼の背に手を回す。

望んでいいなら、ずっとこのままで。

そう心の中で呟《つぶや》きながら、彼から与えられる快感に身をゆだね、幸せを感じる愛だった。

君と出逢って
大好評連載中！
（毎月第2、第4水曜日更新）
漫画 Anzu Yuwa
柚和杏
原作 Miju Inoue
井上美珠
エリート外交官×純粋元ＯＬの極上ラブストーリーが
待望のコミカライズ！
偶然の出逢いから、
運命の恋が加速する…
三度目は…
もう
縁…でしょうか
私もそれを
大事にしたいと
思ったんです
ETERNITY WEBMANGA
エタニティWEB漫画！
無料で読み放題！
他にも人気漫画が多数連載中!!
今すぐアクセス！
エタニティ Web漫画
検索

二十九歳の堤《つつみ》美佳《みか》がお見合いで出逢ったのは、エリート育ちのイケメンSPである三ヶ嶋《みかしま》紫峰《しほう》。平凡な自分では相手にもされないと思ったのに彼から熱いプロポーズを受けて結婚することに！　思いがけず始まった新婚生活は幸せそのもの。だけど、美佳はどうして彼がこんなにも自分を大事にしてくれるのかがわからず、不安にもなって——。お見合い結婚から深い愛が生まれる運命のラブストーリー。

B6判　定価：640円＋税　　ISBN 978-4-434-21878-1

鳴海優花《なるみゆか》には、学生時代ずっと好きだった男性がいた。その彼、小鳥遊《たかなし》に大学の卒業式で告白しようと決めていたが、実は彼には他に好きな人が……。失恋しても彼が心から消えないまま時は過ぎ二十九歳になった優花の前に、突然小鳥遊が！　再会した彼に迫られ、優花は小鳥遊と大人の関係を結ぶことを決め——

B6判　定価：本体640円＋税　ISBN 978-4-434-27513-5

この作品に対する皆様のご意見・ご感想をお待ちしております。
おハガキ・お手紙は以下の宛先にお送りください。

【宛先】
〒150-6008 東京都渋谷区恵比寿4-20-3 恵比寿ｶﾞｰﾃﾞﾝﾌﾟﾚｲｽﾀﾜｰ 8F
（株）アルファポリス　書籍感想係

メールフォームでのご意見・ご感想は右のＱＲコードから、
あるいは以下のワードで検索をかけてください。

アルファポリス　書籍の感想　検索

ご感想はこちらから

Love's《ラブズ》

井上美珠（いのうえ みじゅ）

2020年7月31日初版発行

編集－本山由美・宮田可南子
編集長－太田鉄平
発行者－梶本雄介
発行所－株式会社アルファポリス
〒150-6008 東京都渋谷区恵比寿4-20-3 恵比寿ｶﾞｰﾃﾞﾝﾌﾟﾚｲｽﾀﾜｰ8F
TEL 03-6277-1601（営業） 03-6277-1602（編集）
URL https://www.alphapolis.co.jp/
発売元－株式会社星雲社（共同出版社・流通責任出版社）
〒112-0005 東京都文京区水道1-3-30
TEL 03-3868-3275
装丁イラスト－サマミヤアカザ
装丁デザイン－AFTERGLOW
（レーベルフォーマットデザイン―ansyyqdesign）
印刷－中央精版印刷株式会社

価格はカバーに表示されてあります。
落丁乱丁の場合はアルファポリスまでご連絡ください。
送料は小社負担でお取り替えします。

ISBN978-4-434-27516-6 C0093